Fan
ファン文庫

JN102975

がらく屋の呪われた質草

著　桔梗楓

マイナビ出版

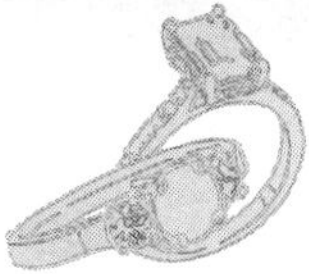

目次

第一章　魔法使いに呪われた質草

久しぶりに帰った故郷は、記憶の中の姿と殆《ほとん》ど変わっていなかった。

（まるで、この町だけ時代に取り残されたみたい）

一車線の細い車道は車一台通らない。

スーツケースのキャスターをごろごろ鳴らしながら、九条神楽《くじょうかぐら》は歩道を歩いていた。

先日、神楽は大阪で二年働いていた買取専門ショップを退職し、生まれ故郷の東京に戻ったのだ。半年前に亡くなった祖父の店を引き継ぐことになったからである。

東京といえば灰色のビル群や縦横無尽《じゅうおうむじん》に伸びる首都高を思い起こしそうだが、ここはそんな情景とはかけ離れた、東京の端にある下町だった。

神楽は父の転勤と共に大阪へ引っ越す前は、ずっとこの町で暮らしていた。

のんびり歩けば、寂れた商店街が見えてくる。入り口には『えにし商店街』という名前が書かれたアーチがあって、その向かい側にある横断歩道を渡ると、これまた下町の雰囲気にとてもマッチした、古めかしい質屋が見えてきた。

あれが祖父の経営していた店。『がらく屋』である。

（お店の佇《たたず》まいも昔のままだ。懐かしい……）

神楽は、祖父が亡くなった時のことを思い出した。

三ヶ月前に訃報《ふほう》が届き、家族で東京に帰った。そして、冷たくなった祖父と対面した。

彼の顔を見るのは十年ぶり。幼かった頃の神楽は祖父を慕っていて、祖父も神楽をとても可愛《かわい》がってくれていた。

東京に住んでいた頃、両親が共働きだった神楽は、学校帰りに祖父の店へ遊びに行くのが習慣だった。そして店の中にある商談スペースで宿題を片付けたり、祖父と他愛のない遊びに興じたりしていた。

しかし、大阪に引っ越したのをきっかけに、神楽と祖父は疎遠《そえん》になってしまった。後から気付いたのだが、実は両親は祖父と仲がよくなかったらしく、以来一度として東京に帰省することがなかったのだ。

神楽は手紙や年賀状を送り合い、祖父と近況を報告し合っていた。親はそのやりとりにいい顔はしなかったが、特に反対はされなかった。

でも、やっぱり会えないというのは寂しい。

だから、子供のうちは仕方がないけれど、大人になったら必ず、祖父に会いに行こうと思っていた。

そうして、高校を卒業した神楽は大阪の買取専門ショップに就職した。慣れない仕事、覚えなければならない知識が多く、心の余裕は多忙の中で磨《す》り減っていく。自分の気持ちが落ち着いたら会いに行こうと思いながら、来年こそ、来年こそと時期を測っていたら、いつのまにかすべてが手遅れになってしまっていた。

物言わぬ祖父の顔を見ていたら、どうして自分はすぐに行動しなかったんだと、心底後悔した。高校の頃に、夏休みなどを利用して東京に行くことだってできたはずなのに、部活やアルバイトを言い訳にして行かなかった。就職した後にも、行く機会はいくらでも作れたはずなのに、手紙や年賀状では元気そうだから、まだ大丈夫と思ってしまっていた。

結局のところ、神楽は自分が思っていたよりも祖父を大事にしていなかったのだ。祖父よりも今の生活を優先していた。そんな自分が許せなくて、神楽は怒ったらいいのか泣いたらいいのかわからなくなってしまった。

通夜の夜、祖父を看取《みと》った医師が言った。『彼は遺言書を用意していた』——と。

それは祖父が経営していた『がらく屋』。明治時代から続く古い質屋を神楽に継がせたいというもの。店と住居のある土地ごと、神楽に遺贈《いぞう》すると明記してあった。以前から、祖父が弁護士に話を通して密かに手続きをしていたらしい。両親はそんな遺言は無視して構わないと言ったが、神楽は買取専門ショップを退職してがらく屋を継ぐことを決めた。

迷う気持ちは、正直なところを言えば、ほんの少しあった。

大阪で過ごす日々も楽しかったからだ。副業ＯＫの職場だったため、神楽は『副業』でもお金を稼ぎ、たまの休日は友人とテーマパークやショッピングを楽しんでいた。仲の良い友人や同僚、お世話になった上司との別れは寂しいと思ったが、それでも神楽は東京に帰ることにした。

もしかしたら、罪滅《つみほろ》ぼしをしたいという気持ちがあったのかもしれない。

生前に不義理《ふぎり》をしてしまったから、せめて祖父が遺した店を守りたいと。

そうして、仕事の引き継ぎや引越しの準備で何だかんだと三ヶ月くらいかかってしまったが、神楽は今日、ようやく故郷である東京に帰ったのだった。

懐かしき町は小さな下町。歩けど歩けど、都会らしさは皆無《かいむ》だ。本当にここは東京都内なのかと疑問に思うほどである。

（このあたりのお店には期待できなそうだなあ。服や靴を買いに行くなら、都心まで行きたいかも）

ちなみに、ここから新宿までは電車で三十分だ。特に遠い距離ではない。

『がらく屋』の目の前まで歩いて、足を止める。神楽は懐かしそうに店を眺めて、小さく笑った。

「呆《あき》れるほど、何も変わってないんだね」

小学生の頃、毎日のように祖父の家へ遊びに行っていた頃と同じ。おぼろげに記憶の中で眠っていた質屋の姿は、祖父の在りし日と殆ど変わっていなかった。

瓦《かわら》屋根の平屋。むき出しになった柱や板壁は黒ずんでいて、硝子《がらす》張りのショーケースには年代物の壺《つぼ》や絵画が並べられている。軒下にはこれまた古い木彫看板がかけられていて、『がらく屋』という屋号に油煙墨《ゆえんぼく》の塗装がされていた。

こんな店に客など来るのだろうか。そんな疑問を覚えてしまうほど、がらく屋の姿は古めかしい。

芸術品を愛する祖父の、穏やかな笑顔を思い出す。

明治時代から続く店。この店を守りたいという祖父の遺志を、果たして引き継ぐことができるだろうか。

鑑定士《かんていし》としての腕にはまだ自信がなく、店を経営するのはまったくの素人。

もしかしたら、早まったことをしてしまったのかもしれない。心の中に、そんな不安な気持ちがうっすらと現れる。

神楽は慌てて首を横に振って気持ちを切り替え、とりあえずは荷物を下ろそうと玄関の鍵を開けて、引き戸を引いた。

ガラガラ……。

重苦しい音を立てた戸の先は、仄暗《ほのぐら》い店内が広がっていた。

「明かり、明かり……」

電気は止めていなかったはずだ。神楽は昔の記憶を頼りに照明のスイッチを押す。

パチリと音がして、店内がしらじらと照らされた。

「うわ」

その瞬間、神楽は呆れて声を上げた。

なぜならそこは、ガラクタ置き場も同然だったからだ。質屋ではなく倉庫になったのかと思うほどである。床にはいくつもの丸めた絨毯《じゅうたん》が乱雑に置いてあって、足の踏み場を探すのも一苦労だ。昔、神楽がよく宿題をしていた商談スペースには段ボールが高く積み上げられている。祖父が毎日綺麗に磨いていたマホガニーのカウンターは埃《ほこり》が積もりまっ白になっていて、彫りかけの彫刻品のような、はっきり言えばガラクタにしか見えないものがたくさん置いてある。

質屋を経営するなら、まずはこの惨状をどうにかしなくては始まらないだろう。

「そういえば……」

神楽は去年届いた祖父の年賀状を思い出した。

──『最近は質に入れる客が少なくなり、店を開けない日が多くなった。これも時代の流れなのかもしれないな』。

今や、インターネットで査定ができるのが当たり前の時代だ。しかし残念なことにがらく屋はホームページがなく、ネット査定サービスもしていない。直接査定をしてもらいに行くとしても、駅の近くや繁華街に、小綺麗な買取専門ショップがいくらでもある。

こんな古びた質屋に行こうという人が少なくなるのは仕方ないのかもしれない。年賀状を読んだ神楽もそう思ったものだが……。

「それにしてもこの質屋……散らかりすぎじゃない？　お店というより、ガラクタの物置きみたい」

こんな状態で、店として成り立っているのだろうか。そもそも採算が取れているのかも疑問だ。質屋を引き継いだはいいものの、すぐに倒産するはめに陥ったらどうしよう。

早くも後悔の念が心の中に湧き出すが、神楽は「弱気は駄目！」と自分を奮い立たせた。

「そうよ。何も努力しないで諦めたら、何のために東京に帰ったかわからないじゃない。何はともあれまずは行動しなきゃ！　そういえばおじいさんからの手紙に、アルバイトをひとり雇っているって書いてあったような……」

神楽は、カバンから手紙の束を取り出した。これは、今までやりとりした祖父からの手紙である。がらく屋の経営に行き詰まった時、何かの手がかりになればと思って持ってきたのだ。

「えっと確か……あっ、これだ」

目的の手紙を取り出して、内容を読む。

『故あって、アルバイトを雇うことになったが、がらく屋はいつも閑古鳥《かんこどり》が鳴いているので、アルバイトにやってもらう仕事が見つからなくて困っている』

「マジで、なんで雇ったの……」

思わず故人にツッコミを入れた神楽は、ため息をひとつついた。

「バイトかあ。さすがにもう辞めてるよね……」

祖父が亡くなって三ヶ月。それだけ音沙汰がなければ、普通は辞めるだろう。現に、この場所には人の気配がない。

だが、もしそのアルバイトに会えたら、この店がどのように営まれていたのか、話を聞くこともできる。

「連絡先でも探してみようかな」

カウンターの裏側にある引き出しには、書類入れがあったような気がする。

神楽は丸めた絨毯を避《よ》けながら、段ボールの山を崩さないよう気を付けつつ、カウンターの裏側に入った。

「ええと、引き出しは……わっ!?」

いきなり、足に何かがぶつかった。ぐにゃっとした感覚でびっくりする。

「何？」

慌てて足元を見ると、黒っぽくて長い、何かが置いてあった。最初は幅が広い絨毯かと思ったが。

「か、髪っ、髪ー!?」

無造作な感じで床に散るそれは、間違いなく人間の長い髪だった。

（まさか死体？　いきなりサスペンス展開なんて聞いてない！）

とりあえずどこかに連絡しなくては！　神楽はポケットからスマートフォンを取り出した。

「こ、こういう時は警察だっけ、それとも救急車……いや、消防署……？」

おろおろと考えていると、死体がぴくりと動いた気がした。

「へ……」

「煩《うるさ》いな」

むくり、と起き上がる。

「ぎゃー！　死体は死体らしくちゃんと寝ていてください！」

びっくり仰天《ぎょうてん》した神楽は思わずスマートフォンを突きつけて叫んだ。

「誰が死体だ、失礼なヤツだな！」

「……え」

怒られて、我に返る。

目の前にいるのは死体でも何でもなく、ただの男の人だった。

ビン底のような分厚いメガネをかけて、髭《ひげ》がもさもさに伸びていて、髪が長い。

「すみません、ちょっと間違えました」

「ちょっと……？」

「失礼ですが、あなたはどなたですか？　まさか泥棒ですか？」

「死体の次は泥棒扱いか。君は失礼を具現化したような女だな」

はあ、と男がため息をつき、のっそりと立ち上がった。

「俺はこの店のバイトだ」

「バイト……バイト!?」

「いちいち反応が煩いヤツだな」

男はうざったそうに長い髪をかきあげる。

「うう、ごめんなさい。だって人がいるとは思っていなかったから」

神楽は申し訳なさそうに謝ったあと、改めて男を見上げる。

（大きい人だなあ……）

神楽よりも頭ひとつぶん背が高く、猫っ毛の黒髪をざんばらに伸ばしている。分厚いオーバル型の眼鏡の奥には、色素が薄そうな茶色の瞳が見えた。

彼は仏頂面《ぶっちょうづら》で、やけに不機嫌そうである。これは、死体に続いて泥棒呼ばわりしたから当然かもしれないが。

年齢は神楽よりも上のように思えた。男は腕組みして目の前の神楽を見下ろす。

「君こそ何者なんだ。まさか君こそ泥棒なのか？　悪いが、この店には盗《と》れるようなものは……いや、いくつかあったな。では、警察を呼ぶか」

「待って待って！　私はおじいさんの孫です！」

「……おじいさんの孫？」

男が訝《いぶか》しげな表情になった。

「このがらく屋の店主だったおじいさんの、孫です」

「……あのジイさん、孫がいたのか」

どうやら、祖父から何も聞いていないらしい。初耳といった様子で男はもさもさの髭を撫《な》でた。

「はい。九条神楽といいます」

「神楽？」

男は驚いたように目を丸くする。

「は、はい。私の名前がどうかしたんですか?」

「いや、別になんでもない」

ふいっと横を向く。神楽は男の横顔を眺めながら、おずおずと訊《たず》ねた。

「その、差し出がましいことを訊ねますが、あなたの名前は?」

「……千景《ちひろ》」

短い返答。表情は愛想のあの字もない。

「いつからここにいたんですか?」

「ずっとだ」

「ずっと!? 夜はさすがに帰ってますよね?」

「帰るところがあったら、こんなところで寝ていない」

千景はムスッとした様子で答えた。確かにそれもそうだなと納得しかけた神楽は、いやいやと首を横に振る。

「待ってください。もしかして、住み込みで働いていたんですか?」

「そうだ」

「初耳なんですけど!」

「誰もじいさんに聞かなかったからだろう」

そう言われると、返す言葉がない。

年賀状や手紙で近況を報告し合っていたけれど、実際に会いに行こうとはしなかったのだから。

「ごめんなさい。千景さんは、ずっとおじいさんのお世話をしてくれていたんですね。本当にありがとうございました」

神楽は頭を下げた。

「別に、仕事みたいなものだったからな」

「そういえば……どうしてここで働いていたんですか？　失礼を承知で言いますけど、ここより待遇のいいバイト先はいっぱいあると思うんですけど」

祖父からの手紙によると、この質屋は儲《もう》かっていないようだった。客があまりに少なくて、店を開けない日も多かったほどなのだ。

すると千景が苦々しい顔になる。

「実は、俺はじいさんから多額の金を借りていたんだ」

「えっ⁉」

「で、金を返すあてがなくて困っていたら、じいさんが雇ってくれた。ここで働いたバイト代を返済に充てろと言ってな。それで、三ヶ月前にやっと完済できたんだ」

「はあ」

神楽は微妙な顔をして頷《うなず》く。

しかしふと疑問に思って、「ん？」と首を傾《かし》げた。

「借金を完済できたのなら、ここで働き続ける意味はないのでは？」

「そうだな。でも俺は質草を返してもらわないといけない」

神楽の目が驚きで丸くなる。

「質草を……預けていたんですか」

「ここで借金するとは、そういうことだろう？」

確かにそうだ。ここは質屋なのだから。

質草とは、質預かりした物品のことを指す。買取専門の中古ショップとは違い、質屋は客が持ってきた物品を一時的に預かり、それを担保に客へ現金を融資することができるのだ。もちろん、査定の時点で買い取りを希望することもできる。

質草を預けて融資を受けた客は、預かり期間内に元金と質料を支払えば、物品を取り戻すことができる。そのまま物品を手放す選択を取れば、買い取りということになり、返済義務はなくなる。

また、預かり期間内に質料さえ支払えば、その期間を延長することも可能だ。

(でも、何だかおかしい。お金を返すあてのない彼を雇うくらいなら、最初からものを預かったりしないで、普通に手助けしたらいいのに)

祖父が取った行動が少し不可解に思えて、神楽は難しい顔をする。

「事情はわかりましたけど、ここでバイトしていたのなら、質草を保管している場所もわかっているんでしょう？」

「もちろんだ。それで、捜したんだが……」

千景が怪訝《けげん》そうな顔をして、ぽりぽりと頬を搔《か》く。

「見つからない」

「えっ……」

「じいさんを看取《みと》ってから、ずっとここで俺が預けた質草を捜していたんだが、まったく見つからない」

はあ、と千景がため息をつく。

「……おじいさんの最期を看取ってくれたのは、千景さんだったんですね」

自分たち家族は大阪で、祖父の傍《そば》にいたのは千景だった。

申し訳なくなる。近くにいたら、祖父の体調の変化に気付けていただろうに。手紙や年賀状での祖父は、一言も自分の健康については触れていなかった。

「あんたが気に病むことじゃないだろう。大阪に住んでいたのなら、仕方ない」

「それはそうですけど……って、どうして私が大阪にいたのを知っているんですか？」

訊ねると、千景は『しまった』と言いたげに手で口をふさいだ。どうやらいらないことを言ってしまったと思っているようだ。

「年賀状を見たことがあったんだ」

「ああ……」

祖父の世話もしていたのなら、そういうこともあるかと神楽は納得する。

「話を戻しますが、祖父が亡くなってから三ヶ月、ずっとここで捜してたんですよね？」

「ああ」

もしかしたら、彼のもさもさな髭とぼさぼさに伸びた髪は、ここで三ヶ月過ごしていたせいかもしれない。食事とかはどうしていたんだと聞きたいが。

「なら、ある前提よりもない前提で捜したほうがいいと思います」

「ない前提……？」

千景が首を傾げる。神楽は段ボールの山をかきわけて、カウンターの裏側を探した。

「私、小さい頃はよくこの店に遊びに来ていたんですけど、確かおじいさんは、いつもこのあたりに片付けていたんですよ」

幼い頃の記憶が頼みの綱だったが、目的の管理台帳はすぐに見つかった。年号の新しい順に二冊手に取り、カウンターの上に置く。

「千景さん、苗字は？」

「源川《みながわ》」

神楽は台帳を開き、パラパラと頁をめくる。

「質入れしたのはいつ頃ですか？」

「一年半前だ。二回質料を払って、質預かりの延長をしている。ただ……」

千景が少し、言いよどんだ。

「半年前の更新時は、事情があって、払えなかった」

「ふむふむ、なるほど。源川、みながわ……あった！」

繊細で、丁寧な祖父の手書き。源川千景と書かれた列の横には質預かりをした日と更新をした日、元金の金額、そして品目は絵画と記されていた。

「千景さんは絵画を預けたんですか？」

「そう、肖像画だ」

答える千景に頷きつつ、神楽は台帳に書かれた字を指でなぞった。千景が言うとおり、確かに質預かりは過去に二度延長されていた。そして半年前の更新日の欄はナナメに線が引かれている。これは、質料が支払われなかったという印なのだろう。更に記録を辿《たど》ると、気になる言葉を見つけた。

「七月十日、質流し……ってことは、もしかして、競《せ》りにかけたってこと？」

神楽が呟《つぶや》くと、千景はギョッとした顔をした。

「待て、それは本当か？」

「ここを見るに、そうとしか思えないです。千景さんの更新日は七月一日だったから、おじいさんはたった十日の延滞で、絵画を流したと思われます」

神楽は訝しげな顔をして、台帳を見つめた。神楽の思い出の中にいた祖父は、客と質草を大切にする人だった。質料の支払いについてもある程度の融通は利かせていたように見えたし、子ども心に人が好《い》いなと思っていた。

本来、質草は、質料を支払わなければ自動的に質屋のものとなる。当然、売りに出すこともも自由だ。しかし、あの祖父がたった十日の延滞で、しかも同居していた千景に黙って質流しするのは、何だか〝らしくない〟ように思える。

　奇妙な違和感を覚えて更に台帳を調べると、神楽は領収証を見つけた。

「これを見るに、おじいさんが千景さんの質草をオークションにかけたのは間違いないようですね。これは、買い取りが成立した領収証です。美術品専門の競り市場に出品したんですね。さすがに誰が購入したかまでは書かれていないけれど……」

「そんな」

　千景が落ち込んだように、肩を落とした。神楽は申し訳なさを感じて目を伏せる。

「ごめんなさい」

「あんたが謝ることじゃないだろう」

「そうですけど……。でも、時間をかけて調べたら、もしかしたら絵画の行方はわかるかもしれないですよ」

　その言葉に、千景が目を見開いた。

「本当か？　絵が取り戻せるのか？」

「取り戻せるかはわからないです。今の持ち主が手放したくなければ、打つ手はないですから」

「確かに、それはそうだな」

　千景は腕を組んで考え込む。神楽が台帳を片付けていると、彼は「よし」と言って顔を上げた。

「わかった。あんたに絵画の在処《ありか》を調べてもらおう」

「……へ？」

神楽はキョトンとして、台帳を仕舞う手を止める。

「俺はどうしても絵画を取り戻したいんだ。でも俺には絵画を捜す手段がない。だからあんたを頼るしかないんだ。……九条」

「そ、そんなこと、いきなり頼まれても困ります」

「絵画の行方がわかるかもしれないと言ったのは九条だろ」

「それはまあ、そうですけど。方法があるって言っただけで、私にできるかどうかはわからないですよ」

「俺に希望を持たせたのはそっちだ。口に出して言ったからには、実行する義務がある」

千景が真面目な顔をして言った。もしかすると、割と押しが強い人かもしれないと神楽は思う。

「いやいや、そんな義務ないですよ。だいたい、あなたこそ、そんなに大切なものならちゃんと質料を払っておけばよかったじゃないですか」

「それに関しては返す言葉もないが、しかしたった十日延滞しただけで、黙って売り飛ばすのも薄情な話だと思わないか？」

千景が眉間《みけん》に皺《しわ》を寄せた。神楽も、そこは疑問に思っていたから黙り込む。

「……そこまで必死になるほど、大切な絵画だったんですか？」

ふと思いついた疑問を口にすると、千景はなぜか、困ったような顔をした。

「いや、そこまで思い入れがあるわけじゃない。ただ、あの絵画は曰《いわ》くつきだから、他人の手に渡ってほしくなかったんだ」

神楽は「え？」と聞き返す。

「曰くつき？」

「そう。俺が質草にしていたものは、それを手にしたら最後、持ち主はことごとく死を迎えてしまうという、呪われた肖像画なんだ」

「……はあ？」

突拍子《とっぴょうし》もないことを言われた気がして、神楽は目を丸くした。

呪われた肖像画。今時そんなオカルトじみた美術品が存在するのだろうか。いや、ありえない。

神楽はすぐに首を横に振った。

「絵で人は殺せませんよ。呪いはないです。迷信です。思い込みです」

「なぜ断言できる？　実際に、俺の知り合いはあの肖像画を所有して間もなく、亡くなったんだぞ」

「そ、そそそ、そんなの偶然、偶然に決まってます。たまたまです！」

「もしかして、怖いのか？」

はっきり訊ねられて、神楽は「いいえっ」と早口で返答した。

「怖くなんか、な、ないに決まってます。呪いなんてははは、鼻で笑い飛ばしてあげますよ」

「ふうん」

千景は神楽の動揺を見透かしたような目をする。

「ま、いい。とにかく俺は決めた。ここで九条が絵画の在処を見つけ出すまで待つ。そうしないと、あんたは絵画を捜す努力をしなそうだからな」

「はっ？　な、何言ってるんですか。ここで待つって、どういうことですか！」

ぎょっとした神楽に、千景は事もなげに「そのままの意味だ」と答えた。

「俺にとって、ここは勝手知ったる我が家も同然で、他に家もない。待つなら、ここに滞在するしかないだろう？」

「なるほど……」

千景は元々ここに住み込みで働いていた。他に帰る家がないのなら、ここに住み続けるしかない。神楽は納得しかけて、ハッと気付く。

「いやいや、ここは駄目ですよ。だって、これからは私がここに住むんですから」

がらく屋を継承するということは、この店の裏にある住居も継ぐということだ。すでに弁護士に同席してもらって、両親とも話し合い、遺贈の手続きは済ませている。

「住む？　そういえば、九条はなぜがらく屋に来たんだ」

「確かに、そのあたりの説明が必要そうですね……」

神楽はため息をついた。そして店の裏口に近付いて、カチャリとドアを開ける。

「立ち話も何ですから、家に行きましょう」

外は庭に繋《つな》がっている。祖父が所有していたこの土地は広く、がらく屋の裏側は質草を保管する土蔵や、コンクリート製の倉庫が並んでいた。

そして正面には、古い日本家屋。

佇まいは、小学生の頃と殆ど変わらない。何度も遊びに行った、祖父の家だ。

神楽が歩き出すと、千景も黙ってついてきた。

(それにしても、大切な絵画を質に入れて、住み込みで働かせていたなんて)

初耳だった。

手紙や年賀状で祖父の近況を知った気になっていたが、本当のところは何もわかっていなかったのだ。

この家で亡くなったということは、死の兆候もあったのかもしれない。

例えば、体の調子が悪くなったとか、転倒するなどの事故があったとか。

だが、祖父は何ひとつ神楽に教えてくれなかった。

風変わりな質を預かったとか、珍しい芸術品に出合えたとか、祖父からの話はいつも質草の話ばかり。

元気にやっていると思っていた。だからこそ、神楽は忙しさを理由になかなか東京へ来なかったのだ。

歩きながら気落ちして――神楽は、静かに首を横に振る。

今は落ち込んでいる場合じゃない。それに、気になることもある。

（絵画の行方……か）

そもそも、神楽が違和感を覚えるのは、祖父の行動である。

（おじいさんからの手紙はいつだって、お客さんとの関係を大切にしている気持ちが見て取れた。それなのに、なぜ売ったんだろう？）

これが、縁もゆかりもない客だったなら、売却は納得できる。

だが祖父は、千景を住み込みで雇ったのだ。一緒に住んでいたのなら、絵画についての話だってしただろうし、質草を取り戻したいと思っているのもわかっていたはず。何せ彼は数回、質料を払って質預かりを継続しているのだから。

おぼろげな記憶が呼び起こされる。幼い神楽はいつも、がらく屋の中で宿題をしていた。店のカウンターでは、祖父が客と対話しながら品物を査定していた。

客が質草にするものは、いつだって一般的な評価には左右されない一際の価値があるものだった。

杓子定規《しゃくしじょうぎ》では測れないもの。客にとって唯一のもの。

――大切なもの。

率直に言えば、手っ取り早く現金が欲しいのなら、買い取りにすればいい。

質入れしたら、定期的に質料を支払わなければならない。買い取りを選ぶ客が多いのは、それが理由だ。実際、質屋の数は減る一方で、買取専門ショップは圧倒的に増えている。

客が質草に質料を支払う動機は、ただひとつ。その物品を手放したくないからだ。金銭の工面はしたいけれど、大切な宝物は手放したくない。

その苦肉の策として、質屋が利用されるのだ。

急な物入りで現金が必要になってしまった人たちの駆け込み寺。それが『がらく屋』である。ゆえに質草は大切にするし、事情があって質料を支払えなかった時も、ある程度の融通を利かせていた。少なくとも、質料が支払われなかったからといって、すぐ質流しにするようなことはしなかったはずだ。

それなのに、どうして祖父は千景の宝物を手放したのだろう？

答えを知る者は、もうこの世にはいない。

気付けば神楽は俯《うつむ》いて歩いていた。ハッと我に返って顔を上げると、懐かしい祖父の家は目の前だった。

「そういえば、千景さんはこの家の鍵を持っているの？」

「持っていないから、がらく屋で寝ていたんだろ」

はあ、と千景がため息をつく。

「俺が持っているのは、店の鍵だけだ。住み込みで働いていたからこの家に俺の部屋はあるが、家の鍵はじいさんが持っていた」

「なるほど……それで三ヶ月も店の中で寝泊まりしていたんですか。不便だったでしょうね」

祖父は家の鍵をポケットに入れた状態で、病院に運ばれていった。それはそのまま遺品となり、遺贈の際、神楽の手に渡った。

千景は、そんなやり取りがあったことなど全く知らないまま、三ヶ月も絵画を捜して店の中で寝泊まりしていたのだ。

「店の中にトイレがあるのが唯一の救いだったな」

「重大な問題ですよね。ちなみに……お風呂は？」

「近くの銭湯に通っていた」

「銭湯があるんですね」

「驚くほど古臭い銭湯だがな。がらく屋といい勝負だ」

ふ、と千景が笑った。それを見た神楽は『この人も笑う時があるんだなあ』と、失礼と分かりつつも思った。

カチャンと玄関の鍵を開けて、引き戸をがらがらと開ける。

がらく屋と同じように散らかっているのかなと思いきや、玄関は驚くほどこざっぱりしていた。

「あれっ、家の中は綺麗ですね」

「俺が毎日掃除していたからな」

「……あ、そういうことですか」

「ここでの俺の仕事は、掃除洗濯料理と、家事全般だったんだ」

「意外だ……」

「失礼なヤツだな。住み込みで働いていたと言っていただろう。俺は家事もできないろくでなしだと思っていたのか」

「あっ、いや、そういう意味の意外さじゃないんですけど」

ははっと神楽は笑って誤魔化《ごまか》した。ろくでなしとは思っていなかったが、彼が言ったとおり、千景と家事全般が繋がらなかったのは事実だ。勝手な先入観で、この人は家事ができないと思い込んでいた。

（どうしてそう思ったんだろう。やっぱり見た目がもさもさしてるからかな）

もっと身綺麗にしていたなら、そこまで失礼なことは思わなかったかもしれない。

「えっと確か、あっちの部屋が居間でしたよね」

「そう、台所の隣だ」

神楽は靴を脱いで玄関を上がり、磨りガラスの引き戸を開けて台所に入る。

ちなみに台所のステンレス部分もぴかぴかに磨かれていた。汚れているといえば、木目のテーブルに、埃が薄く積もっているくらいだ。

（大阪の実家より綺麗かも……）

お世辞にも掃除が得意というわけではない神楽は、実家の自室を思い出して目を伏せる。

足早に台所を通りすぎて、次は障子戸を開いた。

途端、懐かしい匂いが鼻孔をくすぐる。

(伽羅《きゃら》の香りだ)

ほのかに甘く、まろやかな香り。伽羅は祖父が好んでいた。この部屋でよくお香を焚《た》いていたのだろう。壁や畳に匂いが染みついていた。

祖父に近付くと、いつもこの香りがしたものだ。

でも、もう祖父はいない。失ってから初めて気付いた強い喪失感に、後悔や罪悪感といった気持ちが心の内からわき上がった。

今更悔やんでも仕方ないとわかりつつも、どうして自分はもっと早く行動しなかったのだろう。

「何を突っ立っているんだ。ほら、座布団」

本当に勝手知ったる我が家なのだろう。千景は迷いなく居間のふすまを開けて、座布団を二枚取り出し、畳に敷いた。

「あ、ありがとう」

神楽が座ると、向かい側に千景が座った。

「それで、住むとは？」

腕組みして千景が訊ねてくる。まるで家主のような態度に本来の家主である神楽は若干不満を覚えつつ、自分の事情を話し始めた。

祖父が遺書を遺していたこと。そして神楽にがらく屋と住居を含めた土地をすべて遺贈したこと。

神楽の説明を、千景は目を瞑《つむ》って聞いていた。そして、すべて話し終えたところで目を開ける。

「つまり、今現在この家の家主は九条ということか」

「そうです」

「なら問題ない。このまま俺を雇えばいい」

「は……はい？」

首を傾げると、千景は胡乱《うろん》げに神楽を見た。

「頭の回転が鈍いヤツだな。本当にがらく屋を継ぐ気があるのか？」

無表情で言われて、神楽はムッとする。

(最初から感じていたけど、この人、口が悪い。あと無駄に偉そう！)

「継ぐ気があるから、大阪から帰ってきたんですよ！　今のは、あなたがあまりに非常識なことを言うからびっくりしただけです」

「非常識？」

千景が眉をひそめた。なぜわからないのかと、神楽はため息をつく。

「あなた、家がないんでしょう。つまりあなたを雇うってことは住み込みになるんですよね？」

「当然だな」

千景はさも当然といった様子で頷く。神楽は頭痛を感じて額を手で押さえた。

「あのねえ、私、女ですよ。あなたはどう見ても男だし。初対面でいきなり同居なんて、できるわけないでしょう」

説明すると、初めてその問題に気付いたと言いたげに、千景は「なるほど」と言った。

「つまり九条は、身の危険を感じたわけか」

「……うん？　いや、そう……なるのかな……？」

そこまで露骨なことは考えていなかったが、突き詰めると、そういうことに繋がるのかもしれない。

「さっきも言ったが、失礼なヤツだな。あんたは、俺が見境なしに人を襲うようなクズだと決めつけていたわけか」

「いやいや、クズだなんて思ってませんよ！　常識の話をしてるだけです！」

「同じことだろうが。つまりあんたはいっぱしの女として俺を警戒したんだろう。同じ屋根の下で暮らせば間違いが起きるかもしれないと」

「そっ、そこまで自意識過剰のつもりはないですけど！　でもまあ防犯意識として、見ず知らずの男性を警戒するのはそんなにおかしいことでもないでしょ！」

神楽が慌てて言うと、千景は「ふむ……」と言って、顎鬚《あごひげ》を撫でながら何やら考え込む。

「確かにそう言われたら、そうだな。俺は九条に小指の爪ほどの魅力も感じていないが、一般論としてはあんたが正しい」

「ぬぅ……」

それは身の危険という意味では安心できる言葉かもしれないが、女としては負けた気分になるというか、謎の悔しさがこみ上げる。

「では、折衷案《せっちゅうあん》を出そう。さっきも言ったが、俺は家がないから、絵画が見つかるまでここを出て行くことはできない」

「はあ」

どうでもいいが『家がない』とはどういうことだろう。祖父が雇うまで、彼はどこで暮らしていたのか。

「そして、安定した生活のためには一定の収入が必要だ。具体的に言えば月額の固定給が好ましいので、俺はあんたに雇ってもらうしかない」

「……はあ」

千景は雇われる側なのに、なぜこんなにも偉そうなのだろう。神楽は理不尽さを覚えながらも黙って話を聞く。

「そしてここからが本題だが、この家をシェアハウスにしないか？」

「……シェアハウス？　あ、いや、言ってる意味はわかりますよ」

また頭の回転が鈍いと言われてはかなわない。神楽は先手を打った。

「共有スペースを作って、別々で暮らそうってことですよね？」

「そう。この家は玄関を中心に、左右で部屋が分かれている。俺の部屋は左端。つまり台所の左側になる」

　ふむふむ、と神楽は頭の中で家の間取りを思い出した。

「そういえば、昔は台所の左側が客室でしたね」

「ああ、じいさんとリフォーム作業をして、今はちゃんとした部屋になっている。だから九条は反対側……玄関から右側の部屋に住むといい」

　そう言うと、千景はすっくと立ち上がった。

　どうやら実際に部屋を見せてくれるようだ。先を歩く千景に、神楽はおとなしくついていく。

　台所を曲がって、再び玄関へ。正面にあるドアを開けると、細長い廊下が続いていた。

「実際、俺とじいさんはここをシェアハウスみたいにして暮らしていたんだ」

「……何年くらい、ですか？」

「四年だ」

　それは、短いと言えば短い年月だが、人と縁を繋ぐには充分な長さと言える。

「古いものが好きなくせに、新しいものも好きだったから、この家は見た目以上の機能があるんだ。散々リフォーム作業を手伝わされたからな」

　そう言って、千景は廊下の突き当たりにあるドアを開けた。

（あれ、こんなところに部屋なんかあったかな）

　ここだけ記憶と違う。昔は、突き当たりに部屋はなかったはずだ。

もしかして増築したのだろうか。神楽がおずおずと部屋の中に入ると、そこは全面フローリングの真新しい洋室になっていた。

「音楽鑑賞用の防音室だ。最初はじいさんの趣味のための部屋だったが、ここでうたた寝することが多かったから、簡易ベッドに布団もある。

千景がクローゼットを開けると、二つ折りの簡易ベッドと布団が入っていた。

「九条はこの部屋を使うといい。内側から鍵がかけられる部屋はここだけだし、洋室だから使いやすいだろ。防音機能もあるから静かだし」

「むぅ……」

確かに、いい部屋ではある。鍵がかけられるのはもちろん、ベッドがあるのもありがたい。生活音が外に漏れないのも、また聞こえないのも安心だ。

（ここならアリ、かも？）

正直、よく知らない男性といきなりひとつ屋根の下で暮らすのはハードルが高すぎるが、千景には家がないようだし、このまま叩《たた》き出すのは酷《こく》な気がする。

それに、質流れさせてしまった千景の絵画のことも気になる。

祖父にしては不可解な行動。その謎は、解いてみたい気持ちは確かにある。

幼い頃に離ればなれになって、以降は手紙や年賀状でしか知らなかった祖父のこと。死んだ今になって罪悪感を持つのはムシのよい話かもしれないが、神楽は知りたいと感じていた。

祖父が何を思い、何を考えて、千景が大切にしている『宝物』を売却したのか。

「わかりました。絵画が見つかるまでの期間限定ですけど、シェアハウスしましょう。その代わり、共有スペースを使う時間はしっかり決めますよ！」

「ああ、九条も自室の掃除くらいはしろよ」

「し、しますよ！」

正直、掃除はそう得意ではないが、この男に弱味を握られたら最後、どんな嫌味を言ってくるかわからない。『あんたは、こんなに狭いスペースすら満足に掃除できないのか』くらいは言いそうである。

（それに、それに……！）

実は神楽には秘密があるのだ。その秘密は、絶対に知られてはならない。幸い、この部屋は防音がしっかりされているようだから、簡単にばれることはないだろう。

「じゃあ、これで決まりだな。九条は俺の絵画を捜す。俺はその間、ここで雇ってもらいながら報告を待つ、ということで」

「それはいいですけど、お給料は期待しないでくださいよ。がらく屋の経営が傾いているのは、すでにおじいさんから聞いているんですから」

一応、釘は刺しておく。

すると千景は何てことないように「わかっている」と頷いた。

「じいさんに雇われていた時も、安月給だった。他にも収入源はあるから、俺のことは気にするな」

「収入……副業をしていたってことですか？」

何だか親近感を覚える。神楽も、大阪の買取専門ショップで働いていた頃から副業で稼いでいたのだ。ちなみにその副業が、神楽の秘密に繋がるのだが。

「ああ。まあ、そっちはフリーランスみたいな感じだけどな」

「最近多いですよね。会社員の傍ら、小説やマンガの仕事をしたりとか、イラストレーターとか」

「それは初耳だな」

「じゃあ、千景さんはどんな副業をしていたんですか？」

それとなく訊ねてみる。自分と同じ副業だったらどうしようと思ったのだ。

千景は少し困ったような顔をしてしばらく黙っていたが、ふうと息を吐いて、仕方なさそうに答える。

「人に言わせれば、俺は『魔法使い』らしい」

「……は？」

想像もしていなかった答えに、神楽が怪訝な顔をした。千景は色素の薄い茶色の瞳をゆっくりと細める。

「人に呪いを振りまく悪い魔法使い。それが俺の仕事だ」

仏頂面で、ふざけたことを言う。

神楽は目の前の男を即刻解雇したほうがいいのではないかと考えてしまった。

「……それが副業なんですか？」

「ああ」

「呪いを振りまくのが？」

「そういうのが好きなヤツもいるってことだ」

神楽は胡散臭《うさんくさ》いものを見るような目で千景を見てしまう。

「よくわかりませんが、需要があるってことですか」

「そうそう。世の中には物好きが多いんだよ」

千景も自分の副業が怪しげとわかっているのか、呆れたような笑みを浮かべて肩をすくめた。

「具体的に、魔法って何なんですか？」

「それは秘密だ。あんたも俺に言いたくない秘密のひとつやふたつ、あるだろ」

確かに、神楽も人のことは言えない。あの副業の秘密だけは死守しなければならないのだから。

（まあいいか。私には関係なさそうだし）

犯罪がらみでなければ関わらなければいい。それだけだ。

神楽はそう考えて、千景の意味不明な『副業』はスルーすることにした。

まずは自分の部屋を一通り掃除したいと、魔法使いを自称する千景が言うので、いったんふたりは解散する。

神楽は懐かしい祖父の家を探検することにした。

家の見た目は昔と同じだったが、中を歩いてみると、記憶と全然違っている。

千景が、祖父はリフォーム好きだったと言っていたが、本当だったんだなと神楽は思った。

(でも手紙では、そんなことを全然書いてなかったな。……私、おじいさんのこと、全然知らなかったんだ。……お互い様か)

神楽だって、自分の近況を一から十まで祖父に教えたのかと言えば、自信がない。

ありがたいのは、トイレがふたつあったことだ。神楽の部屋のすぐ傍と、千景の部屋のすぐ傍。千景と祖父がシェアハウスをするのに、トイレを共有するのは不便だと考えたのだろう。

これは神楽としては嬉《うれ》しいリフォームだった。少なくとも、トイレの前で千景と鉢合わせ、という気まずい思いはしなくて済みそうだからだ。

お風呂はさすがにひとつだったが、脱衣所の内側には鍵がついていた。

どうやら、祖父と千景は神楽が思っていた以上に、ちゃんとお互いのプライバシーを尊重し合って同居していたようだ。

ただ、台所だけは昔のままだった。銀色に光るステンレスのカウンターにシンク、古いガス給湯器。

昔は、祖父が毎日のように夕食をご馳走してくれた。両親は夜遅くまで働いていたため、ここで夕飯を食べて帰るのが日課だった。

あの懐かしい味はもう、二度と味わうことはできない。

さざ波のような悲しみが心の中に押し寄せる。

こんな思いをするのなら、何がなんでも会いに来るべきだったのに、そうしなかった自分自身に腹が立った。

（罪滅ぼし、か）

心の中で吐露《とろ》する。

経営が苦しい古びた質屋を継ぐと決めたのは、長年に亘《わた》って祖父を放置してしまったという神楽の罪悪感によるものだった。でも、そういう気持ちで店を経営していいのだろうかと不安になる。

もっと質屋に対する情熱がないといけないのではないかと。

（いや、何事もやってから後悔したらいいのよ）

自分は忙しさを理由に、祖父に会いに来るという簡単なことができなかったから、こんなにも後悔したのだ。

だからがらく屋を継いで、傾きかけている経営を立て直す努力をする。最後までやりきって……その結果、たとえがらく屋が倒産しても、その時こそ後悔はしないだろう。こんなふうに罪悪感を覚えることもなくなるはずだ。

「そうだ。経営を立て直すにはまず、あの段ボールとガラクタの山をどうにかしないと」

住居は綺麗なのに肝心の店は惨憺《さんたん》たる有様だ。

せっかく千景を雇ったのだから、こういう時こそ彼には役に立ってもらわなければ。

しかし期間限定とはいえ、あんな胡散臭い人と一緒に暮らせるのだろうか。

自室に戻った神楽はふうとため息をつく。

「……とりあえず、私も部屋を整えよう」

神楽は折りたたまれたベッドを広げて、布団を敷いてみる。部屋の天井の四隅には小さなスピーカーが設置してあり、正面には立派なオーディオセットが存在感を放っていた。

祖父は多趣味な人で、昔からスポーツやら楽器演奏など幅広く手を出していた。ここはそんな祖父自慢のオーディオルームだったのだろう。

最新のオーディオセットが目立っているが、隣にはアンティークのレコードプレーヤーが置いてある。

千景が祖父のことを『古いもの好きなくせに新しいもの好き』と言っていたが、まさにこの部屋がそれを物語っていると言える。

「でも、私にとって渡りに舟かも。これだけ音響の設備が整っている部屋なら、副業の準備もすぐにできそうだし」

さっそく、がらく屋に置きっぱなしにしていたスーツケースを取りに行こう。そう思って部屋のドアを開けると、目の前に知らない男が立っていた。

ギョッとする。

こざっぱりした短髪に、眉目の整った顔。割とイケメンだ。しかしイケメンだからといって住居侵入していいわけがない。

「どっ、どちら様でしょう？　もっ、もしかして不審者でしょうか？」

オドオドと訊ねつつ、いざとなったら部屋に籠城《ろうじょう》して警察を呼ぼうと考えていると、男は呆れた顔をして神楽を睨《にら》んだ。

「失礼な発言も三回目になると慣れてくるものだな」

不機嫌かつ偉そうな物言いには聞き覚えがある。

「もしかしなくても、千景さん？」

「はあ……見ればわかるだろう」

ため息までついた。神楽は「だって」と口を尖《とが》らせる。

「髪は短くカットして、もさもさの髭は綺麗に剃《そ》って、眉毛まできちんと整えてるじゃないですか。ついさっきの千景さんとは別人すぎますよ！」

「洗面所で、三ヶ月分の髪と髭を処理したんだ。さすがに鬱陶《うっとう》しかったからな」

銭湯に行くお金があるのなら、一回くらい美容院に行けばよかったのにと神楽は思ったが、美容院に行く時間を惜しむほど、彼は必死に絵画を捜していたんだろう。

それにしても、こんなにもイケメンになってしまうとは。

神楽はまじまじと千景の顔を眺める。

「なんだ」

「いえ。……えっと、何か御用ですか？」

決まりが悪くなって、彼から目をそらして訊ねた。

「ああ、冷蔵庫の中身が全部腐っていたから、買い出しに行こうと思ったんだ。何か必要なものがあるならついでに買ってくるが、どうする？」

神楽は目を丸くする。もっとスタンドアローンなタイプというか、淡泊な人だと思っていたが、意外と気遣い上手で、神楽の意見を聞きにきてくれる優しさを持っているようだ。

「えっと、今すぐ必要なものはないけれど、近くに買い物できるところがあるんですか？」

「商店街がある。〝えにし商店街〟というんだが」

「あっ、ここに来る前に見ました。あそこ、営業してる店があるんですか？」

「減ってはいるが、ある。食料品くらいなら、あの商店街で一通り揃《そろ》う」

「へえ……」

何だか興味が湧いてきた。いかにもシャッター街といった感じの商店街だったが、実際はどんな風になっているのだろう。

「あの、私も一緒に行っていいですか？」

訊ねると、千景は特に嫌がるでもなく「ああ」と頷いた。

「では、早速行こう。そろそろ閉店時間だからな」

「閉店時間って……」

腕時計を見れば、午後四時を指している。そんなに早く店を閉めて経営は成り立つのだろうか。

神楽は財布とスマートフォンを肩掛けカバンに入れると、千景と一緒に家を出て施錠した。

庭の門扉《もんぴ》から外に出て、歩道を歩く。

ふたりぶんの足音がする以外、音らしい音はない。車一台通らない。

しばらく歩いて沈黙に耐えきれなくなった神楽は、思い切って千景に尋ねた。

「あの！　じ、自己紹介……しませんか」

「は？」

「お、お互い名前しか話してないっていうか。主に私が、千景さんのこと何もわからないので、ちょっとは知っておきたいんです」

「そう言われてもな。俺は自分のことを話すのが得意じゃないんだ」

すたすた歩きながら、千景は気が乗らない様子を見せる。

「じゃあ私から聞いてもいいですか？」

「それなら……まあ。答えられないこともあるかもしれないが」

「ずばり、千景さんとうちの祖父ってどういう関係だったのですか？　ただのお客と質屋の店主って感じはしないんですけど」

ずっと気になっていたことを訊ねてみる。副業〝魔法使い〟もまだ気になっているが、こっちが先だ。

「……確かに、単なる質屋と客ってだけの関係ではないな」

千景は昔のことを思い出すように、目を伏せた。

「俺にとってじいさんは、簡単に言えば恩人だ」

「それは……その、絵画を預かってお金を貸してくれたから、ですか？」

「そうだな。明け透けに言えばそういうことになる。当時の俺は生きるために必要な金がなく、無力で、頼れる人もいなかった。じいさんが金を貸してくれなければ、俺はそのへんで野垂《のた》れ死んでいただろう」

「…………」

想像以上にヘビーな話だった。

(野垂れ死んでいたって……本当なの？　それとも大げさに話してるだけ？)

千景の横顔を見ても、その表情からは本気か冗談か読み取れない。

こんな仏頂面でよく質屋のバイトができたなと感心するほどだ。いや、無愛想だからこそ、祖父は家事全般の仕事しか任せなかったのかもしれない。

「それじゃあ、次は私が自己紹介する番ですね。私が祖父の孫って話は最初にしましたけど、そもそも大阪に引っ越すことになったのは……」

彼の話を聞いたからには自分の話もするべきだろうと、神楽は話し始めた。しかし、千景が「いや」と軽く首を横に振る。

「あんたのことは、じいさんから聞いている。孫っていうのは初耳だったが、九条の……いや『神楽』の話はよくしていたからな」

「えっ」

神楽は目を丸くした。千景が懐かしそうな顔をしてこちらを見る。

「神楽は、神楽は、って、じいさんがよく話題にしていたよ。おかげで俺も、あんたの名前は覚えてしまった。よかったらこれからは神楽と呼んでいいか？」

「別にいいですけど。……そうだったんですか。おじいさんが、私のことを」

何だか照れてしまう。大好きだった祖父の話題にされて、嬉しいやら恥ずかしいやら、だ。

「てっきり俺みたいな感じで、昔じいさんが世話した人かと思っていた。年賀状や手紙が来るたび、毎日が充実しているようでよかったと笑っていたよ」

それを聞いた神楽は思わず、じわりと目頭が熱くなった。

手紙や年賀状を送るだけで満足していた。離れてから一度も会いに行かなかった、薄情な孫。てっきり、もっと寂しがっているのだと思っていた。でも――。

「笑っていたんですか」

「ああ、神楽のことを話す時はいつも嬉しそうだった。鑑定ゲームをよくしていたんだろ。俺は目利きの才能が皆無だったせいで、まったく楽しくなかったが」

はあ、と千景がため息をつく。

鑑定ゲーム。そう、小学生の頃、宿題が終わったあとはいつも祖父とゲームをしていた。それは鑑定士の祖父ならではの遊びだった。

神楽はあのゲームを通じて目利きの腕を磨いたと言ってもいい。しかし当時はただ楽しかったのだ。本物と偽物を見分けたり、ものの価値を見極めたりするのが面白くて、ただそれだけだった。

「おじいさんと暮らした四年間、千景さんにとってどんな感じだったんですか？」

「面倒なことも多かったが、悪くない四年だった。じいさんはとにかく趣味が多く拘《こだわ》りも強くて、いちいち付き合わされるのは疲れたけれど」

千景は歩を進めながら遠くを眺めた。

「そっか……」

逆に俯いた神楽は、足元のアスファルトを見ながら歩く。

(もしかしたら、おじいさんの日々は案外充実していたのかな)

病院で冷たくなった祖父と対面した時、神楽は、祖父をひとりぼっちにしてしまった、かわいそうなことをしてしまったと思った。

でも、それは神楽の勝手な想像で、実際は違っていたのかもしれない。

千景という住み込みバイトを家に招き、彼を巻き込んで色々な趣味を楽しみ、千景とリフォーム作業に勤しみ、シェアハウスの日常を満喫していた。

家族が会いにきてくれないという寂しさはあったかもしれないが、それでも日々はちゃんと充実していた。千景の話を聞くと、そう思えてならない。

(それこそ、私が勝手に……そうだったらいいなって、思っているだけかもしれないけど)

でも、そう考えると少し心が軽くなった気がした。

祖父はがらく屋でひとりぼっちではなかったんだと思うだけで、救われたように感じた。

「そういえば、冷蔵庫の中身が全部腐ってたって言ってましたけど、千景さんは自炊するタイプなんですか?」

「たまにじいさんと外食することはあったが、基本的に自炊するほうだな」

「へえ……」

もしかして、千景は家事が得意なのだろうか。

「あんたは?」

ふいに訊ねられる。

「えっと、お腹が減った時にコンビニで適当に買って……」

別に悪いことではないから堂々と言えばいいのに、何となくばつが悪くて小声になってしまい、もじもじしてしまう。

すると、千景は訝しげな顔をして神楽を見た。

「ちょっと待て。神楽は今までどんな食生活をしてきたんだ?」

「だから、コンビニやお弁当屋さんや、駅前のおそば屋さんなどを利用していましたけど」

おずおずと答える。何だか隣を歩く千景の雰囲気が妙に怖い。

「……洗濯や掃除は、さすがにしていたよな？」

「家で洗濯するのは面倒くさいので、近所のコインランドリーを利用していましたよ。掃除は時々紙モップで……床を……」

だんだん言葉が途切れてしまう。千景は呆れた様子で額に手を当てた。

「神楽……その生活スタイルは、これから先、いずれ破綻《はたん》するぞ」

「どっ、どうしてですか。私は就職と共に実家を出てから、この生き方で二年やってきたんですよ」

「それは、会社に就職して安定した収入を得ていたからだろうが。これからの神楽は質屋の経営者になるんだろ。毎日弁当や外食で食事を済ませたり、洗濯をコインランドリー任せにしていたら、金なんてあっという間になくなるぞ」

真面目に説教する千景の迫力が怖くて、神楽はたじたじと言い訳した。

「そんなこと言われても、私は料理をしたことがないんです。小さい頃から両親が共働きで、家に帰ってくるのも遅かったから、コンロは絶対使うなって厳命されていたんですよ。それで、料理しないのが普通になっちゃったんです」

「なら、洗濯は？　洗濯機回して干すだけだろうが。毎日コインランドリーを使っていたら、貯まる金も貯まらんぞ」

「それはそのぅ……親が基本的にコインランドリー愛用者だったので……」

おそらく、神楽の両親は家事が全般的に得意ではなかったのだろう。それよりも、便利なものを利用して何が悪いという考え方を持っていた。

効率とタイムパフォーマンスを重視し、不得意なことは時間の無駄だからやらない。

恐らくだが、そういう考え方が祖父と致命的に合わなかったことも不仲の原因だったのかもしれない。

「あ、でも、コインランドリーは本当に便利なんですよ。乾燥機にかけると洗濯物がふわふわになるし、靴専用の洗濯機もありますし」

言い訳がましくコインランドリーの魅力を熱弁していると、千景が長いため息をついた。

「わかった。よく理解できた」

「な、何がですか？」

「神楽は俺が思っていた以上にポンコツっぽいということだ」

「ポッ!?　ちょっ、さすがに暴言が過ぎる！」

思わず神楽は怒り出したが、千景は眉ひとつ動かさない。

「ほら、ついたぞ」

「丁度いい機会だから言っておきますけど、千景さんってだいぶ口悪いですからね、よく喧嘩《けんか》売ってるって言われません？　その性格絶対痛い目見ますからね、ちょっと聞いてます？　……って、え？」

勢いに任せて怒鳴っていた神楽はハタと気が付いた。

いつのまにか、あの商店街のアーチが目の前にある。

『えにし商店街』。

まさに昭和の遺物と称するのが最もふさわしい。古く、色あせた商店街通りの入り口だ。

ところどころ錆《さび》が浮いたアーチを潜《くぐ》って、商店街の道を歩く。

右を見ても左を見ても、シャッターが閉じられた店ばかりだ。

あたりは閑散《かんさん》とした雰囲気で、神楽と千景以外、道を歩いている人は見当たらない。

「なんだか、ゴーストタウンみたいですね……」

自分で言って、神楽はぶるぶると身体を震わせる。

「怖いのか？」

感情のない声で訊ねられ、神楽はすぐさま首を横に振る。

「そ、そんなわけないです！　だって幽霊なんているわけないですもんね」

「………」

「なんでそこで黙るんですか!?　同意してくださいよ！」

「あー煩い。ほら、あの店が八百屋だ。あっちは豆腐屋」

千景が面倒そうに指をさした。見れば確かに、シャッターの開いている店がいくつかある。

「本当に営業してる店があるんだ」

驚きつつ、神楽は八百屋に近付いた。

（野菜はスーパーで売ってるのしか見たことなかったな）

正直言って、綺麗に陳列されているとは言いがたい。野菜が梱包してある段ボールを開いて置いただけという雑な感じで、いろいろな野菜が並んでいる。ちなみに値段は、段ボールにフェルトペンで書いてあった。

千景は手慣れた様子で八百屋の店主を大声で呼び、いくつかの野菜を購入する。

「千景くん、ずいぶん久しぶりだねえ」

「ご無沙汰しています」

よぼよぼしたおじいさんの店員と挨拶を交わす千景。ここでよく買い物をしていたのは本当のようだ。

「次は何を買うんですか？」

会計を済ませたあと、神楽が訊ねる。

「肉、だな。もう少し歩けば肉屋がある」

「お肉屋さんなんてあるんだ……」

「商店街なんだから、当たり前だろ」

「そういう食料品って、スーパーでしか見たことないんですよ」

小学生の頃にも、この商店街があったのはおぼろげに覚えているけれど、入ったことはなかった。

「ザ・現代人ってヤツだな」

「千景さんだって現代人じゃないですか」

「あんたほどじゃない」

「でも、スマホは持ってるでしょう？」

「それは確かに。だが、活用しているとは言いがたい。ＳＮＳは苦手でやらないし、メッセージアプリでやりとりする相手もいないし、仕事でメールを使うか、時々動画を見るくらいだな」

「へえ、動画見るんですか。どんなのを見るんですか？」

家事が得意な彼のことだから、料理系の動画だろうかと思いつつ訊ねてみる。

「二年前から『鑑定士かぐらん』が面白くて、これだけはよく見ている」

神楽は思わずずっこけた。

「か、か、鑑定士かぐらん？」

素《す》っ頓狂《とんきょう》な声を上げた神楽を、何か悪いかと言いたげに千景が睨んだ。

「中の人は買取専門ショップの社員だそうで、なかなか知識が豊富なんだ。一応俺も質屋のバイトをしているから、そういった知識はあったほうがいいだろうと思って、じいさんと見始めたんだけどな」

「おっ、おじいさんと見てたんですか？　……か、鑑定士かぐらんを……」

「高く買い取ってもらえる方法とか、芸術品の保管方法とか、説明がわかりやすくて好きなんだ。買取専門ショップのあるある話はがらく屋にも通じるところがあって、じいさんはよく笑っていたな」

「へ、へえ……」

神楽の背中に冷や汗がたらたらと伝う。

「機会があれば神楽も見てみるといい。なかなかいいぞ。ふざけた名前以外は」

「誰がふざけた名前ですか！」

全力で突っ込みを入れると、千景が目を丸くした。

「なんだ？　もしかして鑑定士かぐらんを知ってるのか？」

「いっ、いいえ、全然。そんな頭の悪そうな名前の動画配信者、これっぽっちも知りません」

神楽はぶるぶると首を横に振った。

今後、この話題は絶対避けようと心に誓う。

「そうだ、神楽。ついでだから商工会に顔を出しておいたらどうだ？」

「商工会？」

思い出したように言った千景に、神楽は首を傾げる。

「じいさんは、定期的にこの商店街の商工会に顔を出していたんだ。多分いろいろと世話になっていると思うから、がらく屋を継ぐなら顔を出しておいたほうがいいと思う」

「な、なるほど」

思わぬ提案に神楽は頷いた。確かにここで商売を始めるのなら、道理は守ったほうがいいい。一言でも挨拶をしておくだけで印象はよくなるだろうし、後々融通《ゆうずう》を利かせてくれる可能性もある。

こういう小さな町では人との繋がりが大事だと、テレビか何かで聞いたことがある。祖父が定期的に商工会に顔を出していたのは、そういうところを重視していたからだろう。

「おじいさんが商工会と懇意《こんい》にしていたのなら、代替わりをしたことくらいはお知らせしたほうがいいですね。……でも、手ぶらってわけにはいかないかな。何かいいお店ありませんか？」

「手土産か。そういえば和菓子屋が近くにあったな。挨拶に行く前に寄っていくか？」

「はい！」

千景は神楽を連れて、まず肉屋で買い物を済ませた。そのあと、近くの和菓子屋に案内してくれて、神楽は箱詰めの和菓子を購入する。

(何だか……)

和菓子の入った紙袋を手に歩きながら、神楽は前を歩く千景の後ろ姿を見上げた。

(思っていたよりもずっと、親切な人なんだな……)

買い物に行く時に一声かけてくれたり、こうして商工会のことを教えてくれたり。千景は何かと神楽を気に掛けてくれている。

基本的に仏頂面で愛想がなく、口も悪くて、ちょっと押しが強い。最初は嫌なヤツかもと思っていたが、彼はもしかしたらいい人なのかもしれない。

（でも、よく考えてみたら当然の話か）

なぜなら祖父は千景を住み込みバイトとして雇っていた。もし千景が本当に嫌な人なら、一緒に住みたいとは思わないし、雇うこともしないはず。

つまり千景はいい人で、だからこそ祖父は、彼に手を差し伸べた。そう考えるのが自然だ。

「なんだ？　人のことを凝視して」

視線を感じていたのか、千景が振り向く。

「いえ、なんでも」

神楽は笑ってごまかす。想像に過ぎないが、祖父と千景の関係性がわかった気がして嬉しかった。

ふたりはしばらく歩き、やがて目的の場所に到着する。

「確か、ここが商工会の事務所だ」

千景が足を止めた。神楽は目の前にある店の看板に目を向ける。

「……不動産会社」

どうやら事務所は、不動産会社の中にあるらしい。

応対ベルを鳴らすと、六十代くらいの壮年男性が現れた。

「はじめまして。こちらに商工会の事務所があると伺って来たのですが」

「ああ、はい。一応、私が今期の会長やっとります」

「そうなんですね。自己紹介が遅れました。私は九条神楽と申します」

神楽は手土産を渡しつつ、がらく屋を継いだことを説明した。すると男性は「立ち話も何ですから」と、神楽と千景を応接室に通してくれた。

「がらく屋のご主人……桃李《とうり》さんには、商工会のことで色々相談させてもらって、お世話になっていました。お悔やみ申し上げます。私の名は保月《ほうづき》と申します。これからどうぞよろしくお願いします」

温かいお茶を出したあと、保月が名刺を渡してくれた。神楽は両手で受け取る。

「桃李さんは博識な方でね。私も、親父も、よく知恵をお借りしていたものですよ」

「本当なら、もっと早くにご挨拶しなければならないところを、こちらの不手際《ふてぎわ》で遅くなってしまい、申し訳ございませんでした」

神楽が頭を下げて謝罪すると、保月はぱたぱたと手を横に振る。

「いやいや、仕方のないことだよ。私も三年前に親父が死んで会社を継いだのですが、その時もバタバタしていましたから。でも、あのがらく屋を継ぐ人がいてよかったですよ。この商店街も、もう少し人が増えるといいんですけどね。みんな跡継ぎがいなくて、閉店するばかりで」

寂れた商店街を憂う保月に、神楽はなんともいえない表情を浮かべた。

「こう言っては何ですけど……確かに、開けていない店が多かったですね」

遠慮がちに神楽が言うと、彼は「そうなんですよ」と頷く。

「いわゆる『シャッター通り』です。この商店街は駅に近いので、便利な場所のはずなんですけどね。肝心のお店が閉まっていてはどうにもならないというか」

「やっぱり、高齢化が原因ですか？」

「そうですね。あとは、駅前に大型スーパーがありますから。働き手も客も、向こうに流れているんですよ。一応、このあたりに住む人たちは、この商店街で買い物してくれるんですけどね。千景くんもそのひとりです」

保月は穏やかに微笑《ほほえ》んだ。千景は軽く会釈して「そうですね」と言う。

高齢化による過疎化は、郊外でよくある話だ。大型スーパーがあれば、そっちを利用してしまうのも理解できる。だが、こうやって現地の話を聞いていると、寂しさを感じずにはいられない。

「でもまあ、嘆いていても仕方ないですよね。こうして店を継ぐ若者が来てくれているんですから、もっと希望を持たなきゃ。規模は小さいけれど、商工会で色々と催し物もしていますので是非参加してくださいね。そういえば、引き続き商工会には入ってくれるんですか？」

「あ、はい。そのつもりです」

保月はホッとした顔を見せた。

「よかった。最近は商工会を抜ける人が多くて困っていたんですよ。これ、商工会の入会書です。必要事項を書いて会費と一緒に持ってきてください。ちなみに商工会の会長はローテーション制です。年間行事はいろいろありますが、特に九月開催の敬老フェスティバルは毎年人手が足りないので、手伝ってもらえるとありがたいです」

ドサドサと商工会の資料を渡されて、神楽はさすがに顔を引きつらせた。

（商工会ってこんなにやることがあるの？　会長がローテーション制なんて聞いてない！　絶対面倒くさそうだしやりたくないけど、仕方ないよね……）

ため息をつきたくなるのを我慢して、神楽は笑顔を見せた。

「わかりました。できるだけ協力させて頂きます」

「何か困ったことがあったらいつでも言ってください。あ、そうだ。次の商工会イベントは春のソフトボール大会ですね！　絶対ふたりで参加してくださいね！」

千景が「えっ」と険しい顔をして問い返す。そんなの聞いていないと言いたげだ。神楽も同じ気持ちなのでちょっとげんなりする。

「ところで……ふたりは夫婦なんですよね？」

山のような商工会の資料を渡し終えた保月が唐突に訊ねてきて、神楽と千景は同時にお茶を噴いた。

必死に否定したが、まったく信じてもらえず、結局逃げるように不動産会社を後にする。

「あの保月って会長さん、ゴシップネタが好きだったんですね……」

「思い込みも激しかったな。夫婦じゃないって言ったら、それなら婚約者か恋人かと根掘り葉掘り聞いてきて……はあ」

心労で疲れ果てた神楽がよろよろ歩く横では、千景がげっそりしている。

「悪い人じゃなさそうですけど、用がある時以外は近付かないほうがよさそうですね」

寂れた商店街を後にして、がらく屋に向かう神楽はため息をつく。

「商工会、脱会するヤツの気持ちがわかった気がする。これから先、あんなのとばかりつきあうなら、俺も入らないほうがいいと思う」

「だ、駄目ですよ。おじいさんだって商工会とは仲良くしていたんでしょう？　商店街とがらく屋は近いし、関わることも多いはずですよ」

話しながら、神楽は先ほど保月からもらった商工会の資料を眺める。

「年間行事……な、なんか慰安旅行という恐ろしい文字があるんですけど。って、会費高っ！　やっぱり入らないほうがいいかな……」

何だか面倒くさいことに巻き込まれそうな予感がひしひしとする。

「でも、意外と何かメリットが見つかるかもしれないし。何より、味方は多いほうがいいよね……」

人との繋がりは大事だ。特に、慣れない土地で初めてのことに挑戦するなら尚更である。何かあるごとに商店街へかり出されるのは辛《つら》いが、せっかく祖父が繋いでいた縁なのだ。ここでその絆《きずな》を断ち切ってしまうのは気分も悪い。

商工会の会費は痛い出費だが、必要経費と思うしかないだろう。

「はあ、あんなところ行こうと言うんじゃなかった。何が夫婦だ、冗談じゃない」

千景はまだブツブツとぼやいている。神楽は横目でじろりと睨み、彼の足をぐにっと踏んづけた。

「痛って!」

「すみません、足が滑りました」

ふんっと鼻を鳴らして、神楽はのしのしと家に向かって歩いていく。

(私だってこんな口の悪い男は願い下げだよ。でも、わざわざ口に出して文句を言われるとムカつくのも事実なの!)

不満なのはお互い様だ。でも、そこは口に出さないのが大人の対応というものではないか。

「こら、今のはどう考えても故意だろ」

後ろから千景が不機嫌な声で非難する。

「ふんだ。私のこと、失礼だ失礼だって言うけど、千景さんのほうがよっぽど失礼ですよ。だから神様が天罰を与えようって、私の足を滑らせたんです!」

「なんだそれは。意味がわからん」

「デリカシー皆無の千景さんには一生わからなくていいですよ」

「今のは悪口だろ。おい、何を怒ってるんだ」

「怒ってません!」

明らかに怒っている口調で返しつつ、神楽は足早に家へ帰った。

後ろでは千景が「めんどくさ……」と、やっぱり失礼なことを呟いていた。

ぽこぽこと湯が沸き立つ鍋。千景は塩をさじですくって入れる。

そしてパスタの束を軽くねじり、バラバラと入れた。キッチンタイマーで時間を計り、戸棚からフライパンを取り出す。

慣れた手つきで料理をしている千景の後ろ姿を、ダイニングテーブルの席に座っていた神楽は頬杖をついて見ていた。

「まだ怒っているのか？　しつこいな」

後ろを向いたまま、千景が訊ねる。

「勝手に決めつけないでください。別に怒ってません。本当にここで料理してたんだなーと思ってただけです！」

実際、怒っていないのだが、千景の口が悪いせいで、ついつい語尾が強くなってしまう。

少し落ち着こうと自分に言い聞かせ、神楽はコホンと咳払《せきばら》いをした。

「その……いいんですかね」

「何が」

千景はフライパンにオリーブ油を引き、潰したニンニクを弱火で炒めた。ニンニクの香ばしい匂いがあたりに漂ったところで、かちりと換気扇をつける。今時めずらしい、紐《ひも》で引っ張るタイプである。

「お料理。……全面的にお任せするということで」

「あんたが料理できないって言うんだから仕方ないだろ。その代わり、がらく屋の経営はしっかりやること、例の絵画は真面目に捜すこと。俺があんたに望むのはその二点だ」

「うう、頑張《がんば》ります」

どっちも自信ないのだが、ごはん分はちゃんと努力しなくてはと神楽は思う。

「それにしても、おじいさんと千景さんは、この家をとても大切に使っていたんですね」

「そうか？」

「ええ。換気扇の羽根まで掃除されているし、水回りにも不衛生さが全然ないです。築年数分の古さはあるのに、掃除が行き届いていて、住み心地がよさそうっていうか、ふたりとも丁寧に暮らしていたんでしょうね」

祖父は実の孫と過ごした時間よりも、千景との時間のほうを大切に思っていたのかもしれない。神楽はわずかに視線をそらした。

千景はフライパンでベーコンを炒め、パスタの茹《ゆ》で汁をフライパンに落として、菜箸ですばやく混ぜた。

「別に特別なことなんかしていない。普通に暮らしていただけだ。掃除は俺の仕事でもあったからな」

「……そういえば、どうしてがらく屋はあんなに段ボールとガラクタだらけなんですか？」

「あれは俺の作品……というか、作品になり損なった失敗の山だ。三ヶ月間、絵画を捜している途中、気晴らしにいろいろ作ってたからな」

「作品って……」

頬杖をついていた神楽が身を起こす。

「副業。……言っただろ？」

「もしかして、魔法使い……っていう、あれですか？」

「そう。明日の朝には全部片付けるつもりだ」

淡々と言う千景。相変わらず詳しい説明はしてくれない。

でもなんとなくだが、千景の副業がわかったような気がした。

（もしかしたら、芸術家……なのかも）

一概に芸術家といってもいろいろだが、千景は美術を手がける人なのかもしれない。それなら、がらく屋のカウンターに積まれていた未完成の彫刻品の山も納得できる。しかし副業が芸術家なら、それが『人に呪いを振りまく悪い魔法使い』とどう繋がるのだろう。さっぱりわからない。

食器棚から二枚の深皿を用意した千景は、フライパンに茹でたてのパスタを入れて、牛乳と粉チーズをかけたあと、卵黄でとろみをつける。

「できたぞ」

千景が、できあがった料理をテーブルに置いた。

「わあ……おいしそう……」

それは、クリーミーなたまご色に染められたカルボナーラ。黒こしょうをガリガリ挽くと、食欲をそそる匂いがいっそうたちこめた。

神楽の向かい側の席に座った千景は、自分が作ったばかりのカルボナーラをじっと見つめる。

「まさか神楽の好物が、カルボナーラとはな」

「どうかしたんですか？」

「いや、じいさんもカルボナーラが好きだったんだ」

ふ、と千景が薄く微笑んだ。ほわりと神楽の心が温かくなる。

「そうだったんだ。そういえば、祖父は昔からパスタ料理が好きでしたね。ナポリタンをよく作ってくれました」

「ああ、俺も食べたことがある。確かに、パスタは得意料理のようだった。……うまかったな」

懐かしそうに言う千景に、神楽も微笑んだ。

小学生の頃に食べたナポリタン。あの味を知っている人が目の前にいることが、少しこそばゆくて、嬉しかったのだ。

「いただきます」

お互いに手を合わせたあと、神楽はフォークを手に取り、くるくるとパスタを巻いた。

そういえば、外食やテイクアウト、冷凍食品ではないカルボナーラは初めて食べるかもしれない。そんなことをふと思いながら、神楽はぱくりとカルボナーラを口に入れた。

「お、おいしっ！」

思わず声が出た。クリーミーな牛乳の風味がよく出ている。卵黄のまろやかさとチーズのコクがパスタによく絡んで、カリカリに炒めたベーコンとニンニクが香ばしい。黒こしょうもいいアクセントになって、休みなしに食べ進めてしまった。

「すごくおいしい。濃厚！　お店のより美味しい！」

「それはさすがに言い過ぎだろ。……にしても、すごい勢いで食べるんだな。ってこら、もっとよく噛め。喉に詰まるぞ」

「大丈夫です、私の喉は頑丈なので。うう〜っ最高。千景さんって本当に料理上手なんですね！　このカルボナーラならおかわりしたいです！」

「マジか……。俺は二皿分も食べたら胸焼けを起こすわ」

千景は呆れた顔をしてカルボナーラを食べる。

(はあ〜、幸せ。千景さんのカルボナーラ食べたら何もかもがどうでもよくなってきたわ)

神楽の一番の好物はカルボナーラ。二番はオムライスである。

今日は初日から大変な目に遭った。何せ不審者が寝泊まりしていたし、その不審者は元住み込みバイトで、しかも副業が魔法使いという怪しさ大爆発な男だった。そんな男とシェアハウスすることになるわ、なぜか絵画を捜すことになるわ、商店街で商工会に挨拶すれば怪しい魔法使い男と夫婦なのかと聞かれるわで、心身共に疲れ果てた。

でも、このカルボナーラがすべて帳消しにしてくれた。

「がらく屋は、明日から営業するのか？」

ふと、千景が訊ねてくる。

「店を開けるかどうかはともかく、質草をどう管理していたのかとか、台帳と照らし合わせて確認したいですね」

「わかった。俺は店の中を掃除しておこう。あとで風呂を用意するから、今日はゆっくり湯船に浸かって身体を休めろよ」

「は、はい。……ありがとうございます」

カルボナーラを食べながら、神楽は頷いた。

(口が悪くてデリカシーもないけど、妙に親切なんだよね。世話を焼くのが上手っていうか……。これもおじいさんと暮らしていたからなのかな)

もぐもぐと口を動かしながら密かに思う。

「洗濯は各自でやろう。……さすがに洗濯物は、干せるよな？」

「だ、大丈夫です」

「そうだ、寝る前にちゃんと歯を磨けよ」

「磨くに決まってますから！」

思わず大声を上げた神楽は、ムッとして千景を睨んだ。

「……千景さん、もしかして私のこと、子供扱いしてます？」

「ばれたか」

ふっと千景が意地悪な笑みを浮かべる。

「もう！　家事が苦手だからって人を馬鹿にしないでください。これからはちゃんとやりますから！」

「へえ、見物《みもの》だな」

「くっ……ちょっと家事できるからって偉そうに……。私だって、やろうと思えばちゃんとできるんですよ。目に物見せてやりますからね」

「ははっ、楽しみだ」

千景は初めて、楽しそうに笑った。

（……なんだ、そういう顔もできるんだ）

神楽は少しホッとした。基本的に仏頂面な千景が、どうやって祖父と仲良く暮らしていたのだろうと思っていたが、案外、本来の彼は表情豊かなのかもしれない。

千景が風呂掃除をしている間に、神楽は食器洗いを済ませた。そして、ジャンケンによる公正なジャッジによって先手を取った神楽は、ゆったりと一番風呂に浸かることができた。

二月の冬は底冷えする。湯船で充分に身体を温めたあと、千景に一声かけてから自室に戻った。

「ふぅ」

息を、ひとつ吐く。

「……やるか」

覚悟を決めて、神楽はごそごそと用意を始めた。スーツケースからノートパソコンを取り出して、ウェブカメラを設置。マイクを置いて、スマートフォンを台に載せて角度を調整。

自分の声やカメラの調子を確認して……神楽の『副業』の時間がやってきた。

「はーいっ、皆さん、こんかぐら！　悩めるあなたにささやかな豆知識を差し上げたい、鑑定士かぐらんでーす！」

敬礼するように手を上げると、スマートフォンに映るキャラクターイラストが同じ動きをした。

神楽の副業とは、いわゆる動画配信なのだ。顔バレしたくなかった神楽は架空のオリジナルキャラクターをアバターにして、定期的に配信を行っていた。

『どうせ稼げないだろうけど、やるだけやってみよう』

そんな軽い気持ちで始めてみたら、なぜか微妙に人気が出てしまい、今は辞めるに辞められない状況に陥っている。

一応、副業と言えるくらいには稼げているから、ありがたい話ではあるのだが。

基本コンセプトは『とある買取専門ショップ社員によるお得情報の共有』なのだが、最近はネタが不足してしまっているので、雑談やゲーム配信でお茶を濁すことも多い。

「今回は、恒例の鑑定相談から始めようと思います。あっ、いちご大福さん『鑑定相談やったー！』ありがとうございます。戦車と洗車似てるねさん『こんばんは』はい、こんかぐら！　さてさて相談メールを頂いておりますが……」

よどみなくコメント欄のコメントを音読しながら、神楽はメールボックスを開いていくつかの相談に答えた。

「祖母の形見分けでもらった古いブランドバッグをできるだけ高く売りたい、ですか。ふーむ、前回も言いましたが、ファッションには流行《はや》りがあるので難しいんですよね。丁度のタイミングを計るのはプロでも難しいです！　これがブランド服なら季節を選んで買い取ってもらう、とかあるんですけどね～」

腕組みして悩む仕草を取ると、スマートフォンのアバターも同じポーズで困った顔をする。

「でも、だからといってただ売るのはもったいないです。基本は綺麗な状態にすること。汚れを取るだけでも査定額は上がりやすいです。あと臭いも大事です！　よくあるのが防虫剤の臭い、カビの臭いかな。結構目立ちますから気を付けてくださいね～」

明るい口調でアドバイスをしてから、ふと考える。

（うーん、でも、おばあちゃんの形見分け……かあ）

余計な一言かもしれない。だけど、一応言っておこうと神楽は口を開く。

「そういえば、査定額をよくするためにお手入れをしていたら、いつの間にか愛着が湧いちゃって、売るのをやめた人もいるんですよ～。あはは、面白いですよね。でも、古いものも味があっていいですよね」

あくまで軽いノリで言う。形見を売るのは所有者の自由だが、少しでも思い入れができたなら大切に使ってあげてほしいな、と思った。

最初は副業になったらラッキーだと思ってやってみた動画配信だったが、視聴者が増えるにつれ、その思いは少し変わっている。

それは、自分の配信をきっかけに、ものを大切にするという気持ちを思い出してほしいな、という願いだった。

一度だけでいい。立ち止まって、少しだけ考えてみてほしい。

その上で売るのは構わない。家にはそれぞれの事情だってあるだろう。でも、そこでもし思い止《とど》まったら――。

是非、大切にしてあげてほしい……と願うのだ。

パソコンのコメント欄を見ると、いつの間にかたくさんのメッセージが届いていた。

「うずらんさん『写真で査定額わかりますか？』うーん、ある程度なら、ですね。実物を見ないと、わからないところもあります。カルボナーラ二皿はきついさん『配信楽しく見ています。うちの店主にも聞かせたい』あははっ、店主って、もしかして買取専門ショップの店主さんですか～？　でも、お店の人なら誰でも知ってるような豆知識です……よ……」

思わず、言葉が止まる。

(待って、カルボナーラ二皿はきついって……)

ついさっきの夕飯時に、この耳で聞いたような。

「じ、じゃあ、次の質問にいきますね！」

今すぐ、千景の部屋を確認しにいきたい気持ちに駆られたが、ぐっと堪《こら》えた神楽は引き続き喋《しゃべ》り続ける。

(ああ……マジで、絶対知られたら駄目だ。恥ずかしくて私が死ぬ……バレたら何を言われるかわかったもんじゃない！)

自室が防音仕様でよかった……と心から思う神楽だった。

第二章　幽霊が喜ぶのは、呪われたラーメン屋台

ピピピ、ピピピ、とスマートフォンがアラームを鳴らす。神楽が布団の中から手を伸ばすと、窓からやわらかな朝日が差し込んでいた。

スマートフォンを摑《つか》んで見ると、時刻は午前六時半と表示されている。

「あー……そうだ。私、東京に帰ってきたんだっけ……」

ぼんやりと呟き、むくりと起き上がる。簡易ベッドは、神楽が寝返りを打つたびにきしきしと音を立てたが、布団はふかふかだったので安眠できた。

けだるい身体に気合いを入れてベッドから降りる。ぱぱっと着替えて、トイレの横にある洗面台で歯を磨いた。こちらは、浴室の隣にある洗面台よりやや小さい。これも祖父のリフォーム作だ。確かに洗面台がここにあると便利だと思う。惜しむらくは、向こうの洗面台と違って湯が出ないことだが。

二月初旬の寒い朝。冷たい水で口をすすぎ、顔を洗うというのは辛いものがある。しかし目は幾分か覚めた気がした。洗いざらしのタオルで顔を拭いた時、ふわりと香ばしい匂いが漂う。

「何だろ？」

匂いを辿って歩き、やがて台所に入った。

「おはよう」

愛想のない朝の挨拶。台所では千景が黒いショートエプロンを巻いて、コンロの前に立っていた。

ぱちぱちと何かが爆《は》ぜる音がして、千景はコンロの魚焼きグリルを開ける。

「……おはようございます」

戸惑い気味に、神楽も朝の挨拶をした。そして居場所に困った挙《あ》げ句《く》、テーブルの席につこうとする。

「神楽、炊飯器からご飯をよそってくれるか?」

突如千景から指示が飛んできた。

「あ、うん。了解です」

神楽は食器棚から飯碗をふたつ取った。

「ちゃんとしゃもじでかき混ぜろよ」

「え?」

しゃもじを手に首を傾げると、千景が菜箸を持ったまま、何かをかき混ぜるジェスチャーをした。

なるほど、と思いながら、神楽は炊飯器をぱかりと開ける。

ふわんと甘い米の香り。炊きたてのご飯の匂いは、祖父と共に食べた夕食の時間を思い出させた。

くう、と神楽の腹が反応する。

「朝からほかほかのご飯なんて、何年ぶりだろ……」

朝食はいつも、コンビニのサンドイッチで済ませていた。

千景は卵焼きを皿に盛り、椀に味噌汁をよそう。

「一日において一番大切な食事は朝食だ。神楽にはしっかりエネルギーつけて、働いてもらわないといけないからな」

「人を馬車馬のように言うんだから……」

ごはんをよそった飯碗をテーブルに置いた神楽は、ムッとした顔になる。そしてふと卵焼きを見て、眉間に皺を寄せた。

「ねえ、千景さん。卵焼きの真ん中に、緑色があるんですけど……」

「ほうれん草の卵焼きだから当然だろう」

あっけらかんと千景が答える。神楽は唇をへの字に曲げた。

「私、ほうれん草は苦手なんです……」

「湯がいたあとに砂糖を和えたから、青臭さは緩和されているはずだ」

「そういう問題じゃないんです。って、味噌汁にも緑色が浮いてますが！」

「朝から煩い。緑色連呼するな、小松菜だ。油揚げも入れて食べやすくしたんだから黙って食え」

「えー……」

がっくりと神楽は肩を落とし、ため息をついた。昨日のうちに、野菜は嫌いだとはっきり言うべきだっただろうか。しかしそれでも、千景は問答無用で出しそうな気がする。

「うう。ニンジンとかジャガイモとかなら大丈夫なのに」

「つまり青物が苦手ということか。まったく……今までの食生活はよっぽど偏っていたんだな」

千景が呆れたようなため息をつくので、神楽は唇を尖らせた。

「野菜を好き好んで食べる人なんか、この世にいないですよ」

「そんなわけあるか。少なくとも俺は野菜が好きだ。まあ食べてみろ。意地悪な味付けにはしていないつもりだ」

「意地悪な味付けってなんですか。……わかりましたよ、いただきます」

箸を持ってしぶしぶ手を合わせる。食べないという選択肢もあったが、お腹が減っているのだ。

まずは味噌汁に口をつける。薄味で、風味豊かな煮干しの出汁《だし》が利いていた。苦手な小松菜を思い切って口に放り込むと、意外とあっさり食べることができる。油揚げがいい感じに小松菜の青臭さを緩和させているからだろうか。

「意外……だけど、これ、おいしいかも……」

ごはんをひとくち食べてから、次のおかずに箸を伸ばした。ほうれん草を卵で巻いた卵焼き。口に入れるのは勇気がいる。

「そんな親の敵《かたき》みたいに睨まなくてもいいだろうが」

千景が卵焼きをほおばった。「ほっといてください」とそっけなく言って、神楽も卵焼きを口に入れる。覚悟して咀嚼《そしゃく》した瞬間、想像していたよりも軟らかいほうれん草の口当たりに、「んっ」と目を見開く。

「おいしい。すごく食べやすいです」

「それはよかった。ほうれん草は細かく刻んで正解だったな」

卵の味は野菜のえぐみをうまく緩和していて、しょうゆとみりんの利いた味付けはご飯によく合う。

千景は焼いた鯖《さば》を、箸でほぐしていた。

魚は骨を取るのが苦手なので避ける傾向があったが、小骨が少ない鯖なら食べやすそうだ。神楽も箸でほぐして口に放り込む。塩加減がほどよく、おいしく感じた。

「うう、腹が立つほどおいしい」

「なんだそれは。ほら、お茶だ」

千景が湯飲みを渡してきた。食事を終えた神楽は「ごちそうさまでした」と箸を置き、湯飲みを両手で持った。

「ところで、今日からがらく屋の仕事を始めるんだろ。台帳を見るとか何とか言ってたが、具体的にはどうするつもりなんだ?」

千景も食事が終わったのか、湯飲みを片手に訊ねる。

「そうですね。がらく屋を継ぐって決めた時から色々考えたんですが、店の改装も視野に入れて、しっかり利益を出したいと思っています。祖父はあまり儲けることを考えていなかったみたいですけど、のんびりやっていたらあっという間に潰れちゃいそうですから」

祖父の経営は、子供だった神楽の目で見ても儲かっているとは言いがたかった。それでも生活できていたのは、東京の土地を複数所持していたからだ。おそらく祖父の主な収入源は土地運用で、がらく屋は副業みたいなものだったのだろう。それらの財産は祖父の娘である母親に相続され、神楽にはこの土地と家屋が遺贈されたのだ。

「税金と自分を養うお金くらいは最低限稼がないと。押しの強いバイトのお給料も払わないといけないし。あとは積み立て貯金して、改装したいですねえ」

「改装って、どんな風にやるつもりなんだ？」

「まだ構想段階ですけど、シックなブティック風がいいかなって。ショーウィンドウを広げて、外観が目立つように。内装も貴金属のディスプレイを際立たせて、全体的に店の中を明るくしたいんですよ。それなら、お客さんも入りやすくなると思うんですよね」

神楽は、大阪で働いていた買取専門ショップを思い出す。駅前にあったその店は、高級志向だったせいか落ち着きのある内装で綺麗だった。出入り口も広くて、誰でも入りやすい。外観のディスプレイを見て足を止める客も多かった。

「何はともあれ、ここに質屋があるってことをもっとわかってもらわなきゃ」

神楽の言葉に、千景はなぜか難しそうな顔をした。食べ終わった食器をシンクに置きながら、「うーん……」と唸《うな》る。

「店内を明るくするのは賛成だが、俺は外観を一新するのは反対だ」

「どうしてですか？」

「うまく言えないが、それは『がらく屋』ではない気がする」

カチャカチャと食器を洗い出す千景の後ろ姿を、神楽はテーブルで頬杖をつきながら眺め、不満そうに言った。

「言わんとしていることはわかります。私だって今のがらく屋が好きですよ。でも、店構えが古すぎると新規のお客さんは気兼ねするんです。少しは買取専門ショップの外観を参考にしないと、お客さんは増えませんよ」

「だが俺は、もしがらく屋の姿が『今風』だったら、店には入らなかった」

千景は、ザーッと食器についた泡を水で落とした。

「店構えを変えることで、客層は変わるだろう。だが、今の『がらく屋』だからこそ扉を叩いた客もいるってことを、忘れてはいけない」

神楽は頬杖をついていた手を下ろし、ぱちくりと瞬《まばた》きした。洗い物を終えた千景は、ポンポンとタオルで手を拭き、こちらに顔を向ける。

「確かに今のがらく屋の店内は薄暗いし、全体的に悪い意味で古くさい。だからどうせ改築するなら古さの魅力も押し出しながら、新しい要素も取り入れる感じにしてみたらどうだ」

神楽はぽりぽりと頬を掻く。

確かに、千景の意見には一理あった。実際にがらく屋を利用した客でもある彼の言葉は重要だし、取り入れたほうがいいだろう。新規客が増えたとしても、以前からの顧客を手放すことになってしまったら本末転倒《ほんまつてんとう》だ。

「……そうですね。わかりました」

こくりと頷いた。千景は押しが強い上に主張も理路整然としている。でも、こうやってはっきり言ってくれる存在はありがたい。

それに、また千景の新たな姿が見られたと神楽は思った。

どうやら彼にとって『がらく屋』は、単なる質屋というわけではなく、祖父同様に特別な思い入れがあるらしい。

(今の『がらく屋』だからこそ、扉を叩いた客もいる……か)

千景が口にしたその言葉は、大切な意味が含まれている気がした。


さて、改装のステップに辿り着くためにも、目下やるべきことはたくさんある。

がらく屋の店内に入った神楽は、隣に立つ千景を見上げた。彼は今日、この店を掃除する予定らしく、片手にはほうき、もう片方には雑巾をかけたバケツを持っている。

「じゃあ、私は質草のチェックをしてきますね。それからおじいさんの手書き台帳を全部データ化します。正午になったら休憩時間ってことでいいですか?」

「ああ」

神楽と千景はそれぞれで仕事をし始めた。

千景はがらく屋の大掃除。そして神楽は質草の把握だ。

神楽は庭の中で一際存在感を放つ土蔵と、その隣に設置されているコンクリートブロックの倉庫を見た。

がらく屋の敷地は明治時代に、高祖父が買い取ったらしい。

元は酒造場で、目の前の土蔵はその頃から使われていたものだ。漆喰《しっくい》塗《ぬ》りの壁に紺色の瓦が特徴的で、中は広々としている。

「確か、土蔵に質草が保管されているんだったっけ。じゃあ、あっちの倉庫は何が入っているんだろう?」

ジャラリと鈴なりになった鍵束を取り出す。この鍵束はがらく屋のカウンター裏、台帳の近くに置いてあったものだ。コンクリートブロックの倉庫の入り口はシャッターが閉まっていて、神楽はいくつかの鍵を試してみる。

やがてカチンと音がして、鍵が開いた。

ガラガラと音を立ててシャッターを上げると、そこには白いトラックが一台鎮座している。

「なにこれ。おじいさんのトラックかな?」

どうやら倉庫はガレージとして使われていたようだ。トラックは古い車種で、荷台いっぱいに、アルミ製の巨大な箱が置いてある。

（なんだろう、あの箱。存在感が半端ないんですけど……）

あんなものが置いてあったら荷物が積めない。一体何のためのトラックなのか。

訝しげな表情を浮かべた神楽は、まさかと思って台帳を開いた。

パラパラとページをめくって、やがて気になる項目を見つけた。

「白いトラック一台、調理設備及び調理器具、すべて査定済――って、このトラック、やっぱり質草なんだ！」

もはや何でもアリだった。『客の持ち込むものはすべて質草』というのが、初代からのモットーであると、昔祖父が言っていたのを思い出す。どんなガラクタであっても質草として受け入れ、公正に査定する。そして買い取りに至った際には必ず利益を出す。たとえ一銭の価値にもならなそうなゴミであっても唯一の価値を見つけ出すのが鑑定士の仕事だと、祖父はたびたび幼い神楽に言っていた。

「査定額はたいした額じゃない。でもこのトラック、すっごい昔から預かっているのね。更新のたびに質料が支払われているけど……」

回数を数えてみると、すでに数十回に及び、質料の合計金額が元金を大きく上回っているという有様である。

「変なの。これだけ長い間、質料を支払う意味ってあるの？　さっさと買い戻したほうがずっと安く済むのに」

質料が支払われた日を、指で辿りながら眺める。すると、一年前からぱったりと支払われていないことに気が付いた。

「どうして質料の支払いが止まったんだろう。やっぱり買い取りに変更したってことかな？　でも、それならそうだと書いてあるはずだよね……」

質に入れた品物を、買い取りという形で手放す客はもちろんいる。

この顧客も、トラックがいらなくなったのかもしれない。だが、そうだとしたら、神楽はこのトラックをどこかに売ってお金にしなければならないのだ。

「いやいや、人気のクラシックカーならともかく、こんな古いだけのトラック、まともな値段で売れるわけないわ。おじいさんはどう価値をつけて売るつもりだったの？」

嘆きつつ、神楽は台帳を見直した。トラックを預かっていた期間は十八年。それから去年までの十七年、質料は欠かすことなく支払われていた。質を預かる期間としては長すぎると言えるだろう。言い換えれば、それだけ持ち主はトラックを手放したくないと思っていたはずだ。

それなのに去年、パタリと支払われなくなってしまった。

「まさか……」

ぞっとする想像をして、神楽は顔をしかめた。腕を組んで悩み、やがて意を決した。質屋としてルール違反かもしれないが、客に連絡を入れてみようと思ったのだ。

基本的に、質屋から顧客に質料の催促をすることはない。

だが、病などに冒されて質料の振り込みにすら行けない状態なのだとしたら放っておけないではないか。せめて預かり期間を延長するかどうかの意思確認はしておきたい。

「どんなガラクタに見えても、お客さんにとっては宝物かもしれないんだから」

これも祖父がよく言っていた言葉だ。神楽はガレージを出るとがらく屋の裏口から入った。すると店内のカウンターに千景が立っていて、神楽が入ってくるなり何かをサッと隠した。

「神楽？　もう質草のチェックが終わったのか」

「まだですよ。用事があって戻ってきたんです。……千景さん、ちゃんと掃除してましたか？」

「見れば明らかだろうが」

くい、と顎で店内を指す。段ボールはまだいくつか残っているものの、カウンターの上にあったものはすべて綺麗に片付けられていた。

「すごい。こんな短時間でもさっぱりするものなんですね」

「細かいところはまだ掃除しきれていないがな」

「で、そのあからさまに後ろ手で隠してるのはなんなんですか」

じとーっと睨むと、千景は決まり悪そうにため息をつく。

「掃除が一段落したから、ちょっと絵を描いていたんだ」

よく見れば、カウンターにはエンピツと消しゴムが転がっている。絵を隠す姿は、まるで教師に隠れて落書きをする学生のようだった。

「絵か……。見てもいいですか？」

「駄目だ」

「なんでですか」

「呪われるからだ」

はあ？　と神楽は呆気《あっけ》にとられる。

「もしかして、副業の魔法使い……とやらの設定が、まだ続いているんですか」

「そうだ」

千景はムスッとしたままそっぽを向いている。どうやら本当に見せる気はないらしい。

神楽は小さくため息をついた。千景はいい人ではあるのだが、この謎の設定だけはついていけない。

「ま、いいですけど」

「神楽、そこの段ボールを保管しておきたいんだが、どこに置いておけばいい？」

「中身は何ですか？」

「俺の私物がまとめてある。だが、部屋の押し入れはすでにいっぱいで、入りきらないんだ」

神楽は思わずため息をついた。

「なんで千景さんの私物が店内にあるんですか……」

「じいさんが置きたがったんだよ。でも、神楽には邪魔だろ」

いったい何を置いていたのだろう。千景は殆ど自分のことを話してくれないからわからない。

（根掘り葉掘り聞いたら嫌がられそうだなあ）

千景に段ボールの中身を尋ねたら、彼は『私物』と答えた。それはつまり、具体的な説明をしたくない、ということだ。

疑問は残るが仕方ない。あまり人のプライベートをつつくべきではないだろうしと思いつつ、神楽は裏口を指差した。

「湿気を嫌うものなら土蔵に、そうでないなら、ガレージの隅にでも置いてください」

「わかった」

千景が段ボールを持ち上げ、裏口から出ていこうとする。

その時、ひらりと一枚の紙が落ちた。

「千景さん、何か落ちましたよ」

神楽が床に落ちた紙を拾った。

「アート専門買取店……源川、公司《こうし》？」

それは名刺だった。読み上げると、千景が「ああ」と言って振り返る。

「悪い。この中に入れてくれるか」

「あ、うん」

神楽は、千景が持っている段ボールの隙間に名刺を挿し込んだ。

千景はそのまま土蔵に向かって歩いていき、神楽はなんとなく彼の背中を見つめる。

「アート専門買取店ってことは、つまり美術商ってことだよね？　なんでそんな人の名刺を持っているんだろう」

そう呟いて、はたと気付く。

源川。……千景と苗字が同じだ。

しばらくすると、土蔵に段ボールを置いてきた千景が戻ってきた。

「どうした？　ぼんやりして」

「あ、ううん。なんでもない」

慌てて首を横に振る。名刺について尋ねたい気持ちに駆られたが、思い止まった。

（理由はわからないけど、まだ、聞いちゃいけない……感じがする）

神楽と千景は、出会ってから一日しか経《た》っていないのだ。よく知りもしないのに彼の事情に踏み込んではいけない。そんな気がした。

（そのうち聞いてみよう）

そう考えながら、神楽はカウンターに入ると電話の受話器を手に取り、台帳に書かれていた番号をプッシュした。

相手は、あのトラックの持ち主である。

しばらくコール音が繰り返されたあと、『はい』と、無愛想《ぶあいそう》な男の声が聞こえた。

「突然のお電話失礼いたします。渡山《とやま》様でいらっしゃいますか」

『ああ』

「私、がらく屋の……あ、いや、九条と申します」

店名を言ってしまって、慌てて苗字を口にする。電話の相手がトラックの持ち主でなかった場合、こちらが質屋であることは隠しておいたほうがいいからだ。客によっては、家族に黙って質に入れているケースもあるので、トラブルの原因になってしまう。

電話の向こうは数秒黙り込んだ。そして戸惑い気味に「がらく屋?」と聞き返してきた。

「明らかにトオさんの声じゃねえな。あんた誰だよ」

トオさん。祖父の名は『桃李』だ。つまり祖父のあだ名だろう。

「私は桃李の孫の神楽です。先日よりがらく屋の店主をしています。渡山様からトラックをお預かりしていますが、一年前より質料が振り込まれていません。質預かりの継続はいかがなさいますか?」

言葉を選びながら神楽が聞くと、渡山は『待て待て待て』と慌てて言った。

『がらく屋の店主だって? どういうことだ。あー、質料は忘れていたんだ。最近物忘れが酷《ひど》くてな。それで、なんで孫のアンタが店主になってんだ。トオさんはどうしてんだ』

相手から矢のように質問が投げかけられる。

(質問してるのはこっちなんだけど)

神楽は辟易《へきえき》しつつ、口を開いた。

『ちょっと待った直接聞く！　質料も持ってくから、そこで待ってろ！』

言うなりブツッと電話が切れた。

繋がらなくなった受話器を片手に、神楽は唖然《あぜん》とする。

「な、なんだか、すごく話を聞いてくれないおじさんだった……」

「どうした？　トラックがどうとか言っていたが」

不思議そうに千景は首を傾げた。神楽が簡単に説明すると「なるほど」と納得して頷く。

「多分だが、単純に驚いていたんだと思うぞ。世話になっていた店主がいつの間にかいなくなって、孫が継いだなんて話を聞いたら、普通は混乱するだろう」

「そうですよね。連絡のしようがなかったですし」

「しかし神楽はなかなかお人好しだな。質預かりの期間を過ぎた客にいちいち連絡してやるなんて。本来はさっさと売り捌《さば》くものなんだろう？」

千景が少し不機嫌な様子で言った。どうやら、祖父が彼の絵画を質流れにしたことを根に持っているようだ。神楽は「はあ……」とため息をついて、彼に台帳を見せる。

「ところがどっこい、質草は単に古いだけのオンボロトラックでした。できれば買い取りたくなかったので電話したんですよ。いきなりあんな車を売れだなんて、私にはハードルが高すぎます」

買取専門ショップで取り扱っていたのは、主にブランドアイテム、そしてアクセサリーや腕時計といった貴金属だった。中古車の査定は未経験である。

「ここで待てと言っていましたけど、あのお客さん、このあたりに住んでいるんでしょうか」

するると、唐突にがらく屋の入り口の扉がガラッと開いた。驚いて目を丸くした神楽の前に、酷く厳つい顔をした男が現れる。

肩を大きく上下させて、ゼイゼイと息を吐いていた。

「た、頼もう！」

「たのもう？」

「俺が渡山だ。トオさんは、トオさんはどうしたんだ嬢ちゃん！」

「嬢ちゃん……」

そんな呼び方をされたのは、生まれて初めてである。

「トオさんというのは桃李のニックネームですよね？　実は、桃李は三ヶ月前に亡くなりました」

はっきり言うと、渡山は唖然とした表情を浮かべ、その場にへなへなと座り込んだ。神楽は慌てて駆け寄り「大丈夫ですか？」と声をかける。

「ああ、大丈夫だ。ありがとう。そうか、トオさんはとうとう逝《い》ってしまったのか……」

力なく呟き、渡山はゆっくりと立ち上がった。白髪の生えた髪に、皺だらけの顔。祖父と同じくらいの年齢に見えた。

腰は少し曲がっていて、灰色の作業着を着ている。マフラー代わりなのか、首に手ぬぐいを巻いていた。

「それで、嬢ちゃんが四代目なんだな」

渡山が手に握った封筒を差し出しながら言った。四代目とは、がらく屋の店主のことを指しているのだろう。祖父は三代目だったから、神楽が四代目になるのだ。

「はい。がらく屋当主の九条神楽と申します」

神楽が前に出ると、男は「ん」と言って封筒を押しつけた。つっけんどんな態度に戸惑ったが、神楽は「失礼します」と断って封筒を開く。中には紙幣が数枚入っていた。

「一年分の質料だよ。俺のトラック、まさか質流れにしてねえだろうな」

じろりと睨んでくる。もし売り払っていたらただじゃおかないと言っているようだ。横柄な態度に、神楽は内心ムッとした。本来、質料を支払わなかった時点でトラックは質屋のものになる。質流れにしようがしまいが店の勝手、そういう契約のはずだ。

「裏のガレージに保管しています。お言葉ですが……手放したくないほど大切なお車でしたら、元金をお支払いくださって、取り戻されてはいかがですか」

(本音を言えば、そうしてほしいんだけど……)

元金は利益になるし、ガレージも空く。一石二鳥である。

すると、渡山は「ヘッ」と笑った。前歯に詰められた金歯がキラリと光る。

「わかってねえなあ。俺は別に、金には困ってねえ。単に置く場所がねえから、ここにトラックを預けてんのよ」

「……え？」

　神楽が訝しげに問い返すと、渡山はチョイチョイと神楽の持つ封筒を指さした。

「質屋は、質料さえ払えば何でも保管してくれるだろ。だから俺は、必要になった時だけ元金を払って車を返してもらってんだ。そんで、また査定して質に入れて、預かってもらう」

　渡山の言葉に、神楽は目を白黒させて、渡山と封筒を交互に見た。ここで車を保管するために質に入れる？　必要な時だけ元金を払う？　本来の質屋の利用方法と全く違う。

「ど、どうしてそんなことをするんですか」

「青空駐車場で放置するより安全だからに決まってるからだろうが。この物騒《ぶっそう》な世の中、油断すりゃあっという間に車上荒らしや盗難に遭うんだ。その点、ここなら安心だ。大事な質草だから乱暴な扱いもしねえだろ。まったくありがたい話だよ」

　ニヤニヤと渡山が笑う。神楽は頭痛がして額を押さえた。

（なんてお客さんなの。質屋をガレージ代わりに使うなんて）

　予想外にも程がある。祖父はこんな客でも丁寧に相手していたのか。どれだけ人が好かったのだろう。千景が神楽のことを『人が好い』と言っていたが、祖父には遥《はる》かに及ばない。

「それでだ、四代目の嬢ちゃん。俺のトラックはちゃんとメンテナンスしてるだろうな？

トウさんは車の整備も完璧にやってたぞ」

「また嬢ちゃんって……、私の名前は神楽ですっ！　私は昨日がらく屋へ入ったばかりですし、それに車の整備なんてできませんよ」

「はあ？　そんじゃトウさんが逝っちまってから触ってないってことかよ。おい、トラック見せてみろ。ガタがきてたら承知しねえからな」

あくまで偉そうな渡山に、神楽は大きくため息をついた。客前でため息など失礼極まりないのだが、質屋を物置きに使う客など、客と認めたくない。

チラ、と神楽が千景を見ると、彼はひょいと肩をすくめた。「俺に振るなよ」と、色素の薄い茶色の瞳が語っていた。

仕方ない、と神楽は諦める。質料をもらった以上、あのトラックはがらく屋が預る質草だ。持ち主が見たいと言うのなら、望みどおりにするしかない。

「わかりました、こちらへどうぞ」

神楽は裏口の扉を開いた。そして庭の倉庫に案内すると、渡山は「おお！」と嬉しそうな声を上げた。

「久々に見る相棒だ。うんうん、元気そうで何よりだ」

ぺしっとトラックのドアを叩き、タイヤを撫でたり車の底を覗《のぞ》き込んだりする。態度はどうあれ、このトラックは渡山にとって愛着のある品物なのだろう。

「見たところ、整備はしてあるみてえだな」

満足そうにうんうんと頷く渡山。後ろからついてきた千景が物珍しそうにトラックを眺める。

「このガレージに古いトラックが停まっているのは知っていたが、これも質草だとは知らなかったな。そういえば渡山さん、荷台に載っている大きな箱は何ですか？」

それは神楽も気になっていた。軽トラックいっぱいの大きさの巨大な銀色の箱。高さもそれなりにあるので、無視できない存在感がある。

「これか？　ふっふ、気になるか。仕方がないなあ、見せてやろう」

もったいぶった言い方をして、渡山はニマニマと笑いながら銀色の箱に近付いた。そして角の部分につけていたダイヤルロック錠を解錠して、パチパチと留め金を外す。

ガタン、と、銀色の箱の側面が開いた。

好奇心が勝って神楽も中を覗いてみると、箱の中には調理台や簡易コンロといった、料理をするための設備が揃っていた。

「これってもしかして、キッチンカー？」

「そんなハイカラなヤツじゃねえよ。これは屋台トラックってんだ。ほらっ」

荷台からよれよれの提灯《ちょうちん》を取り出した。バッと開くと『らあめん』と書かれてある。

「……初めて見たかも。渡山さんは屋台ラーメンの職人さんなんですか？」

目を丸くした神楽が訊ねると、渡山は威張《いば》るように胸を張って仁王立《におうだ》ちになった。

「まあな！　といっても……過去の話だが」

みるみるとしょぼくれた顔になって呟く。神楽が首を傾げると、彼は苦笑いをして頭を掻いた。

「実は、一年前に脳梗塞《のうこうそく》をやっちまってなあ。利き腕が殆ど動かせなくなっちまったんだ」

長生きはするもんじゃねえな、と。渡山が冗談めかして言う。

一年前といえば、渡山がトラックの質料の支払いを滞らせ始めた頃だ。

きっと、その頃は大変だったのだろう。脳梗塞は手足の麻痺《まひ》や、物忘れ、色々な後遺症《こういしょう》があると神楽も聞いたことがある。

「ま、リハビリ通院もしてるから、生活に困ってるわけじゃねえ。でも、さすがにラーメン作るほどの回復はできねえみたいでな」

ギイ、ともの寂しい音を立てて、渡山は箱の側面を閉じる。

「渡山さん……」

神楽が悲しそうに目を伏せる。彼は「そんな顔するなよ」と、言って、ニカッと笑った。

「こんなボロトラック、廃車にしちまおうって思ったんだけどなあ。なんとなく手放したくなくてよ。とりあえず質料は支払ったことだし、もうしばらく預かってくれや」

ニカニカと金歯を光らせて笑った渡山が言う。

確かに質料はもらったので、がらく屋としては預かるしかない。

そして質預かりの期間が終わった頃に、また延長するのかどうかを訊ねたらいい。

神楽はそう判断して「わかりました」と頷いたものの——。

俯く。

(本当にこれでいいのかな。正しい対応だとは思うんだけど)

渡山は笑っているが、どこか寂しそうに見えた。

「んじゃ、そういうことで」

用事を済ませた渡山はきびすを返して帰ろうとする。

「ま、待ってください！」

無意識に、神楽は渡山を呼び止めていた。彼は不思議そうな顔をして振り返る。

「えっと……」

とにかく何か言わなきゃ。焦った神楽はとんでもないことを言い出してしまう。

「渡山さん。このトラック、ちょっとだけ動かしてみませんか!?」

(な、なんで私、こんなこと言ってるの。そんなことしてる暇なんかないのに)

明らかに突拍子もない提案である。渡山と千景が同時に「は？」と、戸惑っていた。

(自分でも何がしたいのかわからない。でも、このまま帰らせてはいけない気がする。

だって渡山さんはきっと、トラックを動かしたいと思っているから)

残念そうな顔をして、もうラーメンが作れないと言っていた。

それなら屋台トラックなんて、お金を払ってまで保管する意味がない。

だが、渡山は手放す選択を取らずに一年分の質料を持ってきたのだ。

……恐らく、未練があるのだろう。このぼろぼろのトラックは、彼にとって大切な、価値があるものなのだ。

渡山が望むそのことを、できれば叶えてあげたい。

それが、彼の『宝物』——このトラックが持つ本当の価値を知ることに繋がるような気がした。

「せっかくですし、ラーメン屋台を久しぶりに開店してみましょうよ！」

神楽は明るい笑顔で渡山を誘った。


その日の夜、東京湾に面した公園。

……二月初旬の海辺の寒さはしゃれにならない。

時間は夜の十時。群青色《ぐんじょう》に染まる海を背に、神楽はカチカチと歯を鳴らして震えていた。

「寒い」

不機嫌極まりない千景の文句が聞こえる。

神楽も、頭の中に『寒い』という言葉以外が思いつかない。それくらい寒い。

「なあ、神楽。俺は無関係ではないだろうか」

「そんなことないですよ。だって千景さんはウチのバイトですし」

ガレージでトラックを動かそうと神楽が提案して、渡山は少し悩んだ顔を見せたが「そう言うなら、久しぶりに営業してみるか」と乗り気になってくれた。

千景は面倒くさいと思ったのか、さりげなくその場を後にしようとしていたのだが、そうはさせまいと神楽が彼の服を摑み、無理矢理参加させた。

「神楽が勝手に言い出したことだろう。俺を巻き込むな」

「店主の私が苦労してるのに、バイトのあなたが楽するなんてずるいです」

「…………。神楽って、なかなか『イイ』性格をしているな」

「『いい』性格？　褒《ほ》めてくれてありがとうございます」

千景はげんなりした顔をして黙り込んだ。やっと納得してくれたようだと安心した神楽は、屋台トラックに入る。

荷台に載っていたアルミ製の大きな箱は、開くと側面がテーブル代わりのカウンター席になっていた。

荷台の中は簡易調理場だ。火がついたコンロにはぐらぐらとスープが沸く寸胴鍋《ずんどうなべ》がある。

神楽は、匂いを嗅《か》いで満足そうに頷いた。

「うん、いい匂い。渡山さん、まずは試作品を作るんですよね？」

「ああ。嬢ちゃん、作ってみろ。スープは俺のレシピどおりにやったなら味は間違いねえ。あとは麺の茹で具合と、タレとスープの割合が重要なんだ。まずは作ってみてくれ。味を確かめてから、俺が細かく助言する」

客席に座っていた渡山がそう言うので、神楽は腕まくりをした。

（今まで何度もラーメン屋さんのカウンター席から、ラーメンを作っているところを見てたし、見よう見まねでできるはずだよね）

神楽は渡山のレシピを確認して、麺が茹で上がる直前にラーメン鉢にタレを入れてからスープを注ぐ。そして軽く混ぜたあと、茹で上がった麺を入れた。

トッピングは、刻んだネギとメンマ。タレにつけてあった焼き豚。

「ほう、なかなか手際がいいじゃねえか」

渡山がその手さばきを見て褒める。気をよくした神楽はにっこり笑顔で、できたてのラーメンをテーブルに持っていった。

「はい、いっちょうあがり！」

「おお！　……おお……？」

ほかほかと湯気の立つラーメンを目の前に、感嘆の声を上げた渡山は途端に訝しげな顔をした。

「……斬新なレイアウトのラーメンだな」

横から覗き込んだ千景がコメントしづらそうに言った。

ラーメン鉢の中は、ネギ、メンマ、焼き豚のトッピングがまっすぐ水平一列に並んでいる。

「嬢ちゃん。なんでネギがカールコードみたいになってんだ」

渡山が箸でネギをつまみ上げる。それはすべて繋がっていて、螺旋《らせん》階段のようになっていた。

「あれ？　ちゃんと切ったはずなんですけど……」

おかしいな、と神楽は首を傾げる。

「ま、まあ、ちょっと手先が不器用なんだろうな。さて味は……ぐっ!?」

箸でラーメンをつまんだ瞬間、渡山の顔が青ざめる。

「嬢ちゃん、一体何分間麺を茹でてたんだ。くたくたのくったくたになっていて、コシのコの字もねえ！　箸でちぎれて嬉しいのは豚の角煮だけだぞ！」

「そ、そうなんですか？　硬いよりは軟らかいほうが食べやすいかなって思ったんですけど」

「介護《かいご》食じゃねえんだから……」

渡山がしょぼくれた顔でため息をつき、レンゲでスープをすくって飲む。

「うっす……」

「薄い？　薄味ってことですか？」

「むしろ薄味を超えて味がまったくしねえ！　というか嬢ちゃん、これ味見したか!?」

「味見ってなんでしたっけ」

神楽が千景に質問すると、彼は頭痛を覚えたように頭を押さえた。

「料理ができないと知ってはいたが、ここまで深刻だったとは」

「ちょっと千景さん、深刻ってどういう意味ですか」

「嬢ちゃん、もしかして人生で一度も料理したことないのか？」

「渡山さんまで！　料理したことありますよ。学校の調理実習で！」

神楽が怒ると、千景はため息をついて神楽の肩を軽く叩いた。

「少しここで待っていろ」

そう言って、千景はトラックの裏側から荷台に乗り込んだ。

何をするのだろうと眺めていると、千景はラーメンを作り始めた。

スマートフォンのタイマー機能を使って麺を茹で始める。

その間に、手際よくネギを刻んで焼き豚をカットし、ふたつのラーメン鉢にタレを入れてスープを注いだ。

丁度のタイミングで茹で上がった麺をざるに入れ、チャッチャッと湯切りする。

そしてラーメン鉢に麺を入れて、軽く箸でほぐしながら麺の流れを綺麗に整える。

ネギ、メンマ、焼き豚を配置して「できたぞ」と、ラーメンを渡してきた。

神楽は両手で受け取り、まずは渡山の前に置いて、自分の分も受け取る。

「いただきます……」

ふうふうと息を吹いて冷ましながら、神楽はずずっとラーメンを啜《すす》った。

「ふわっ、おいし」

真冬の寒空の下で食べる、あつあつラーメンのおいしさといったら、言葉にならない。

「うむ……うまい。悔しいが、俺が作るより断然うまいぞ」

渡山が夢中になってラーメンを食べている。神楽はあっという間に食べ終えてしまった。

替え玉が欲しいくらいである。

「醤油ダレを気持ち多めにして、まろやかな味わいを出すためにラードを少し加えてみたんだ」

「ラードか。……なるほど、昔ながらのシンプルな醤油ラーメンに拘っていた俺には考えつかなかったな。確かにこれは、若いヤツも好きそうな味だ」

スープをゆっくり啜って、渡山は満足そうな顔をした。

「これなら文句はない。どうだ若造《わかぞう》、俺の跡を継いで屋台引いてみねえか」

まるで師匠のように達観《たっかん》した雰囲気を醸し出した渡山は、期待を込めた目で千景を見上げる。

「ラーメン屋に転職するつもりはない」

しかし千景は無愛想な顔ですげなく断った。

「うう〜、昨日のカルボナーラや、今朝の和食もおいしかったのに、ラーメンまでおいしく作っちゃうなんてずるい……」

空になったラーメン鉢を睨みながら、神楽は文句を言った。そして拳でドンとテーブルを叩く。

「どんなズルをしたら、そんなにも料理上手になれるんですか！」

「料理はズルをするものではない」

千景はさっきと同じ表情で、淡々と言った。

『らあめん』と書かれた赤提灯が、仄赤く灯《とも》る。

チャラリ～チャラリ～。

どこか気の抜けたチャルメラの笛音。これは実際に笛を吹いているわけではなく、古いラジカセから流れるテープが音源である。

「神楽、そこで震えている暇があるなら、食器を拭け」

タレをアレンジしているのか、味見をしている千景が、神楽に指示した。

「お客さんの来ない屋台って、つまんないですね……」

ぶつぶつ言いながら、神楽はトラックの荷台に乗り込んだ。冷たい水で手を洗った後、消毒用アルコールを手に擦《こす》りつける。そして洗ったばかりのラーメン鉢を布巾で拭いた。

昼頃、業務用のスーパーでラーメンの材料を購入し、渡山の指示を聞きながらスープの下ごしらえをして、焼き豚を作った。ラーメンの味は千景の改良で文句ないものになったが、肝心の場所が寂れた公園では、来る客も来ないのではないか。

パリン。

神楽が持っていたラーメン鉢が、まっぷたつに割れた。

「あ」

「嬢ちゃん、どうやったら鉢拭いてるだけで割れるんだよ！」

荷台の中から渡山の怒鳴り声が飛んできた。

「わ、私が聞きたいくらいです！　ラーメン鉢が劣化してるんじゃないですか」

「陶器なんざ滅多に劣化しねえよ。ネギ切らせたらカールコードになってるし、麺を茹でたらぶよぶよにしやがるし、嬢ちゃん不器用にもほどがあるだろ！」

「わ、私は質屋の店主なんですよ！　不器用でも全く問題ないんです！」

ギャーギャーと神楽と渡山が口戦を繰り広げる中、千景は黙々とタレのアレンジに精を出していた。ラーメン屋になるつもりはないようだが、基本的に凝り性な性格なのかもしれない。

「……それにしても渡山さん。こんな寂れた公園の駐車場で、しかも夜中にお客さんなんて来るんですか？」

割れたラーメン鉢を片付けながら神楽が訊ねる。

この公園は、渡山お勧めの屋台スポットなのだそうだ。どう考えてもそうは見えないが。

すると、渡山はにんまりと笑顔を見せて、金歯を光らせた。

「大丈夫さ。絶対来る。ラーメンの匂いに誘われてな」

「ラーメンの匂いって……そもそも、人っ子ひとり見当たらないんですけど」

公園のだだっ広い駐車場。他に駐車している車はなく、ここに来てから一台も車が来ない。明かりも、公園にぽつぽつと立てられた街灯だけだ。公園のほうに目を向けると、群青色に染まった海が月明かりに反射してほんの少しきらめいていた。それはロマンティックに感じたが、それ以上に寂しい。

「ここに来る客はな、みんな『幽霊』なんだ」

意味深な渡山の言葉に、神楽はラーメン鉢をまたひとつ、パリンと割ってしまった。

「ゆっ、幽霊？　そそ、そんなの、い、いるわけないですよ。ねえ千景さん」

神楽はぷるぷると震えながら、ゆっくりと千景に顔を向けた。

「…………」

「どっ、どうしてそこで黙っちゃうんですか！　頼むから私を安心させてくださいよ！」

「やっぱり神楽は怖いのか？」

「べべ、別にぃ？　怖くなんかないですよ、へっちゃらですよ。でもお願いだから幽霊はいないって私の意見に賛同してください」

必死な形相《ぎょうそう》で言うも、千景は気のない様子でタレの味見をした。

「なぜ、幽霊がいないと断言できる？　いるかもしれないのに」

「い、いませんよ。もし本当にいるなら、目の前に連れてきてくださいよ。ほら、できませんよね？　できるわけない。だからいないんです！」

神楽は割れたラーメン鉢を新聞紙でくるんで袋に入れてから、びしっと千景を指さして言った。

「連れてくる、というのは無理だな。幽霊とは『そこにいるもの』だから」

「そ、それらしいことを言ったって無駄ですよ。自分が幽霊だ～って言うヤツが現れたら、信じてあげてもいいですけど！」

「そんな自己紹介する幽霊なんかいるわけがないだろう。……ん」

ふと、千景が顔を上げた。

「神楽」

「なんですか。言っておきますが、私は別に怖がりじゃないですからね。夜中にホラー映画を見ちゃったせいで、トイレに行くのに家中の電気をつけてまわるなんてことは高校生の頃に……」

「神楽、違う。アレは何だ」

千景が屋台の向こうを指差す。

「え？」

神楽は千景の指の先を見た。

――何か、いる。

真っ黒の人影。ふらふらと力なく歩く様は夢遊病者《むゆうびょうしゃ》のよう。

足音はなく、ゆっくりと、こちらに近付いてくる。まるで、本当にラーメンの匂いに誘われているように。

「あ、あれ、本当に、幽……霊、さん？」

神楽は幽霊なんて信じていない。信じたくない。でも、幽霊と言われてもおかしくない人影の登場に、思わず声が震えてしまう。もっと言えば身体もガタガタと小刻みに揺れ、油断したら気絶しそうである。

よた、よた。ふら、ふら。

明かりに集まる虫を思わせる、おぼつかない足取り。

（あし……足だ。足がある！）

神楽は内心、人影に足があることに安心した。幽霊には足がないと、どこかで聞いたことがあったからだ。

幽霊のような存在は屋台の目の前まで来た。提灯の明かりに照らされて、ようやく姿が明らかになる。

――くたびれたビジネススーツを着た男。無精髭《ぶしょうひげ》に、ざんばら髪。くぼんだ瞳は元気がなく、虚《うつ》ろだった。手がゆらりと上がって、赤いのれんをくぐって入ってくる。

「やあ……久しぶりだね、親父さん」

「おう、アンタか。相変わらずだな」

「はは、まあね。チャルメラの音が聞こえて、思わず来ちゃったよ。ラーメンひとつ、頼めるかい」

男は音もなく椅子に座った。生気がなく、酷く疲れた様子だが、ちゃんとした人間には間違いないようだ。神楽が胸をなで下ろしていると、渡山が「嬢ちゃん」と呼ぶ。

「あんたが接客やんな。箸並べたりお冷や出したりするんだ。それくらいはできるだろ。あと、ラーメンのスープは絶対こぼすなよ」

「は、はい」

神楽は頷く。いくら不器用でも接客くらいならできるはずだ。トラックを降りて、客の前にお冷やと箸を置く。極寒に耐えながらしばらく待つと、千景が手早く作ったラーメンを神楽に渡してきた。こぼさないようにと気を付けながら、客の前にラーメンを置く。

「どうぞ」

「ありがとう。いい匂いだ。親父さん、タレの味を変えたのかい？」

「んあ？　ああ、まあな」

「うん。うん。……うん。すごくおいしい。前のはアッサリだったけど、これはコクが増していて、僕好みの味になってるね。うん。おいしい」

ずるっ、ずるっ。男は休むことなく箸をすすめて、ラーメンの味を褒める。渡山は微妙に複雑そうな表情を浮かべたが、すぐ笑顔になって「ありがとうな」と礼を言った。

男は一心不乱にラーメンを啜り、スープまで綺麗に飲みきる。最後に水を口にして「ごちそうさまでした」と手を合わせた。

「おいしかったよ。色々辛かったけど、明日は頑張れそうな気がした。ありがとう」

「こっちこそだ。またラーメン食べに来てくれよ」

渡山が手を振ると、男は会釈をしてから五百円硬貨をカウンターに置いて去っていった。

真夜中の客はあっという間に暗闇と同化して、静寂の夜に消えていった。

「ここからじゃ見えねえが、この公園の近くにはそこそこデカい会社があるんだ。確かIT企業が入ってんだったかな」

椅子に座って渡山が話し始める。カウンターを拭いていた神楽は顔を上げた。

「そこはまあ、言っちまえばブラック企業らしくてな。ウチにラーメン食いに来る客層は、その会社から帰る途中の社員なんだ」

「なるほど。こんな深夜に屋台を開いた理由は、その人たちのためってことだったんですね。もしかして、以前からずっとこの時間に屋台を引いていたんですか？」

渡山は頷く。ようやく神楽も、あの客がどうして幽霊のようにフラフラしていたのか理解できた気がした。きっと、心身共に疲れ果てているのだ。

「何のために生きているのかわからないまま、それでも生きているから手足を動かし、仕事をしている。さながら幽霊だろ。生きる意味をなくしかけている、悲しい現代人さ」

ふう、とやるせない様子で渡山はため息をついた。

「ブラック企業の話題は時々ニュースでやっているが、実際に見ると酷いもんだな。生きている人間があんなにも酷い顔色になっているのは初めて見た」

千景がチャッチャッと洗い終わったラーメン鉢を振った後、布巾で拭いて食器棚に仕舞った。

「辛いのは、自分の勤め先がブラックだと気付いてねえヤツが意外と多いってことかもしれねえ。真面目なヤツほど、頑張りすぎて潰れちまうんだ」

渡山の老いた瞳は、どこか苦痛の色に染められている。

「渡山さんは、疲れ果てた社会人の憩いの存在になりたかったんですね」

神楽が言うと、渡山は「ヘッ」と金歯を見せ、自嘲《じちょう》的に笑った。

「そんなイイもんじゃねえよ。俺は——っと、客だ。嬢ちゃん！」

「あっ、はい！　いらっしゃいませ、お席にどうぞ」

頼むから『嬢ちゃん』と呼ばないでほしい。何度もそう言ったが、彼は呼び方を変えてくれない。神楽はやってきた客に席を勧める。次は三人だ。皆、ビジネスースーツに身を包んでいて、先ほどの客と同じようにくたびれた様子を見せていた。千景は急いでラーメンを作り始める。

「……ん？　あ、いらっしゃいませ」

新たに人の気配を感じた神楽は後ろを振り向いた。しかしそこには誰もいなかった。

（気のせいか……）

神楽は三名の客にお冷やを配った。

本当に疲弊《ひへい》しているのか、客は誰ひとり喋らない。やがてラーメンができあがって、神楽は順番に客の前に置いていった。

「どうぞ。熱いので気を付けてください」

誰もがゆっくりした手つきで割り箸を割り、おもむろに食べ始める。

ズルッ、ズル。ズズズ。

深夜の公園で、ラーメンを啜る音が寂しげに響く。

味わっているのか。それとも何か物思いにふけっているのか。皆一様に黙って、ひたすら食べ続ける。

寸胴から立ち上る湯気が、ふわふわと暗い夜空に溶けていた。冬の海は波の音がしなくて寒々しい。客たちは、かたかたと震える身体をラーメンのスープで温めていく。

ことん。

千景が、新たに作ったラーメンをカウンターの端に置いた。

しかし、そこは無人である。

(自分が食べる用に作ったのかな?)

少し気は早いが、そろそろ零時。店じまいの時間だ。

神楽と渡山は客が来る前にラーメンを頂いたけれど、千景はまだ食べていない。夕飯も食べそびれたから、さすがに彼もお腹が空《す》いたのだろう。

「……ごちそうさま。おいしかった」

ひとりが食べ終え、礼を言った。五百円硬貨をカウンターに置き、よろよろした足取りで去っていく。

「ありがとう。明日も頑張るよ」

もうひとりは千円札を出してきた。千景が釣りを渡すと、彼は首元をマフラーできつく巻き、とぼとぼと帰っていく。

「ラーメン、あったかいな。たまには、いいもんだな」

スープを綺麗に飲み終えた客は、幸せそうに呟いて、金を払って去っていった。

「ありがとうございました」

　神楽は、去りゆく背中に頭を下げる。客はわずかに手を上げ、夜闇に消える。

「皆、疲れすぎじゃないですか。どうにもならないんですかね」

「ブラック企業の問題は社会問題として挙げられることも増えたし、どうにかしようって動きにもなってるが、会社経営ってのはなかなか難しいもんだ。だって必死にやんねえと会社自体が潰れちまう。決して、誰かがあぐらをかいて楽してるってワケじゃねえんだよ」

　渡山はどこか悟ったように言った。老いた瞳は、苦悩や後悔の念に満ちている。

　神楽は空になった三つのラーメン鉢を千景に渡した。

「どれ、立っていたら膝が痛くなっちまった」

　渡山はそう言うと、ゆっくりした足取りでカウンター側に移動し、空いている席に座った。

「一服失礼するぜ」

　言うなり、作業服の胸ポケットからしわくちゃの煙草ケースを取り出す。

「今、吸うのか？」

　千景が渡山をたしなめるように言った。

「一本ぐらいいいだろ。昨今の世の中は喫煙者に厳しすぎる。年寄りの数少ない楽しみなんだから、大目に見てくれや」

　すぱー、とおいしそうに渡山が紫煙《しえん》を吐いた。

「嬢ちゃんが言ってたな。俺が、疲れ果てた社会人の憩いになりたいんだなって」

「あ、はい」

ラーメン鉢を布巾で拭きつつ、神楽は頷く。

「……憩いなんていいもんじゃないんだよ。俺は……多分、自己満足のために屋台を続けたいだけなんだ」

渡山の口から、ポカリと煙が立ち上る。それは月に向かって、夜の闇を白く汚した。

「自己満足？」

神楽が尋ねると、渡山は「ああ」と頷いて、トントンと煙草を指で叩き、灰を落とす。

「俺はな、昔、会社を経営してたんだ。ずーっと働いてた商社を退職してよ。男たるもの一国一城の主《あるじ》になるものだ、なんて息巻いて。必死に金稼いで会社を興《おこ》したんだ」

昔を思い出すように、渡山は遠くを見ながら話す。

「バブル景気に世間が沸き立ってた頃も、不景気だ少子高齢化だって騒ぐ今も、社会の理不尽さだけは変わらねえ。いや、昔のほうがずっと、理不尽の形は醜《みにく》いものだったかもな」

「醜い、ですか」

神楽も千景も、渡山の若い頃はまだ生まれてもいない。バブル景気を語られても、教科書でしかその時代を知らないのだ。

渡山の言った『醜い』の意味がわからなくて、ふたりは自然と目を合わせる。すると渡山は「ハハ」と自嘲するように笑った。

「倫理も道徳もあったもんじゃなかった。死ぬ気で頑張るのが当然の時代だったのさ。限界を超えるのが格好いいと持て囃《はや》された。できないヤツはドヤされて馬鹿にされるだけ。寝ずに頑張るヤツが偉い。根性論なんてもんが当たり前の常識としてはびこっていた」

ゆるゆると、渡山の煙草から細い煙が立ち上る。神楽と千景が黙って聞いていると、渡山は俯き、その老いた瞳を伏せた。

「そこのIT企業みてえに社員をこき使うトコを、今じゃ『ブラック企業』と呼ぶがな、それを言うなら俺の周りはブラック企業だらけだった。俺がサラリーマンとして働いてた商社も、俺自身が経営してた会社も、今で言えば全部ブラック企業だったんだ」

サービス残業。休日出勤。深夜に及ぶ接待。徹夜の連勤。

今では『ブラック』だと言われる会社の習慣は、渡山の時代では当たり前。辛いと思っても、それが社会的に当たり前なのであれば、不満が言えない。理不尽を我慢して、歯を食いしばり、必死になって働くしかなかった。それが渡山の若かりし頃なのだろう。

神楽は、ふと声を出した。

「……渡山さんが経営してた会社も？」

そう、渡山はブラック企業と称する枠組みの中に、自分の会社も入れていた。渡山は膝に拳を乗せ、肩を落としている。

「そうだ。俺も、そこのIT企業の経営者と同じだったのさ。社員を怒鳴って、数字取れるまで働かせて、休みもろくに取らせなかった。疲弊しているヤツは根性なしと決めつけて馬鹿にした。俺はそうやって上司に使われていたから、同じ方法でしか、社員を使えなかったんだ」

ハァ、と渡山がため息をつく。紫煙まじりの白い息は吐き出された瞬間に一瞬で消えた。彼は力なく暗い空を見上げる。

「そんなある日、うちで働いてたヤツが死んだんだ。死因は溺死《できし》……。この公園から、海に落ちたんだ」

神楽は驚きに目を見開いた。深夜の帳《とばり》が降りている公園は、耳に痛いほどの静寂さに満ちている。

「警察は会社帰りに足を滑らせたとして、事故と片付けた。まだ過労死って言葉も浸透していない時代だったから、世間は俺を責めなかったよ。でも、俺はわかっていた。あいつは疲れ切ってしまったんだと」

それは老いた男の懺悔《ざんげ》。

悔いても起きてしまった出来事はなかったことにできない、ただの昔話。だが、神楽も千景も口を挟めなかった。

「……怖くなってしまった。俺が殺したも同然だった。あいつが追い詰められているのをわかっていたのに、俺は、優しくできなかった」

ジジ、と煙草の焼ける音がする。渡山は思い出したように煙草を吸い、フーッと紫煙を細く吹いた。

「一言でも、声をかけてやればよかったんだ。メシでも食わせてやればよかった。そうすりゃ、最悪な選択をすることはなかったかもしれねえのに」

名前のない罪は、社会的に罰されることはない。だが、渡山にはそれが辛かった。いっそ糾弾《きゅうだん》されて罪を償《つぐな》ったほうがマシだったと思っているのかもしれない。

誰にも非難されないから、渡山は自分で自分を非難しているのだ。

過去の過ちを忘れないために、自分は罪人なのだと言い聞かせている。

「そのために、ラーメン屋台を引いていたんですか？　この公園で、一年前まで」

神楽は静かに訊ねた。渡山はもう一度煙草を吸うと、カウンターから荷台に手を伸ばし、アルミ灰皿を取り出した。

「どうだろうな。業績が悪化して会社を畳むことになり、俺は借金を返すために屋台を始めたんだ。その頃から、この公園にも屋台を引いてきていた。理由なんかわかんねえ。ただ……来ずにはいられなかった」

もしかすると、罪滅ぼし、懺悔。様々な動機が入り交じって、彼は今この場所にいるのかもしれない。

渡山は煙草をギュッとアルミ灰皿に押しつけると、神楽を見上げて笑った。赤提灯の明かりに反射して、彼の金歯が光る。

「まあ、今やもう、俺はラーメンすら作れない。でも、久々にここへ屋台を引いてこられてよかったよ。ここは客入りは少ないが、ああいうヤツらがうまそうにラーメン食う顔を見ていると、ほんの少し……心が安らぐんだ。へへ、嬢ちゃんの突拍子もない提案を聞いてよかったかもな」

ハッハ、と苦笑いをする渡山に、神楽も「そう言ってもらえてよかったです」と微笑む。

……ようやく、渡山がなぜこのトラックを手放したくないのかわかった気がした。

どうしてラーメンを作ることはできなくなったのに、一年分の質料を支払いに来たのか。

その理由は、思い出。嬉しいこと、悲しいこと、彼が悔やみ続ける苦い過去。この屋台トラックには、彼のすべてが詰まっているから、捨てることができなかったのだ。

「この屋台トラックは、渡山さんの大切な宝物なんですね」

第三者からみれば、古いばかりで何の価値もないトラックである。でも、渡山にとっては、苦労と辛さと喜びを載せたかけがえのないトラックなのだ。

それは渡山だけが知っている、一際の価値。

どんなガラクタであっても、誰かにとっては大切なものだという可能性がある。祖父が言った言葉の意味が、ようやく理解できたような気がした。

「さて、らしくなく自分語りなんてしちまったな。もう客は来ねえようだし、そろそろ店じまいするかね」

アルミ灰皿を片付けた渡山が「よいせ」とかけ声を出して立ち上がる。

——その時。

「ごちそうさまでした」

後ろから、聞き覚えのない男性の声が聞こえた。

た。

「えっ」

慌てて振り向く。カウンターの端には、空になったラーメン鉢がぽつんと置いてあった。

「……あれ？」

確かここに、できたてのラーメンが置いてあったはずだ。てっきり千景が食べるのかなと思っていたが、彼は客にラーメンを作り始めてから一回も荷台を降りていない。

ラーメン鉢を両手で持ってみると、まだ温かさが残っていた。

「……えっと……」

まるで、狐《きつね》につままれたみたい。

神楽がきょろきょろしていると、渡山が不思議そうに首を傾げる。

「嬢ちゃん、どうした」

「あの、ここにできあがったラーメンを置いたんですけど、いつの間にか中身がなくなっていたんです。でも、そんなはずないですよね？」

途方に暮れた目をしていると、千景がチラと横目でこちらを見た。

「……食い逃げか。いや、これはあいつなりの『仕返し』だったのかもしれないな」

「食い逃げ？　千景さん、ここに誰かいたんですか？」

「誰かって、最後の客がそこでラーメンを食べていただろ？」

「確かに三人のお客さんが最後に来ましたけど……」

神楽が訝しげに眉をひそめると、千景は「ああ」と、やっと気付いたような顔をした。

「そうか、神楽には見えなかったんだな」

「……え?」

神楽は思わず、両手で持ったままのラーメン鉢を見つめる。

「ま、待って待って。こんな寂れた深夜の公園で、そういう系の怖がらせをしてくるのやめてください。趣味悪すぎですよ!」

「怖がらせているつもりはない。神楽には見えない客が来ていたという事実を言ったまでだ。現にラーメン鉢が空になっているだろう?」

ゾゾッと、神楽の腕に鳥肌が立った。ラーメン鉢が両手から滑って、カウンターに落ちる。ガチャンと嫌な音がして、渡山が「嬢ちゃんまた割りやがったな……」と呆れた顔をした。

吹きすさぶ海からの風が、やけに冷たい。

「う、嘘《うそ》でしょ。本当は、私が見てない間に、千景さんがパパッと食べちゃったんですよね?」

「俺はずっと荷台の中でラーメンを作っていたんだぞ。どうやってカウンターに置いたラーメンを食べるんだ」

「それはその……う、腕とか伸ばしたりして」

「俺の腕はそこまで伸縮自在ではない。……それにしても」

ふむ、と考え込むように腕組みした千景が、ジッと割れたラーメン鉢を見る。

「幽霊ってラーメンが食えるんだな」

「幽霊ってはっきり言わないでください！」

「食べたものはどうやって消化されるのか気になる。彼らはいつも半透明だから、胃に入った麺や具が透けて見えるのだろうか」

「やめて！　真面目に考え込まないで！」

神楽は両手で耳をふさぎ、すべてをシャットアウトしようとする。

「……へえ、マジで『出た』のか」

ニヤニヤしながら言う渡山に、神楽はブルブルッと高速で首を横に振った。

「そんなわけありません。だいたい幽霊っていうのはすべてプラズマ現象だって、昔偉い人が言っていました！」

「いつの時代の話だ。そんなことより、撤収《てっしゅう》作業を手伝え。俺は早く帰って寝たいんだ」

はあ、と千景がため息をつき、調理器具を片付け始める。

神楽は不満げに千景を睨んだが、帰りたいのは神楽も同じである。おとなしく布巾でカウンターを拭き始めた。

「まったく。幽霊なんて絶対信じませんからね。夜中に思い出してトイレに行きたくなったらどうしてくれるんですか。また廊下中の電気をつけて回らないといけないじゃない。別に怖いわけじゃないですよ。防犯のためですけどね」

ブツブツ言いながら、ほうきで地面を掃《は》く。すると、きらりと銀色に光る丸いものを見つけた。気になって手に取ると、それは五百円玉硬貨だった。しかし、普段見る硬貨とはずいぶんと違う。

「なにこれ。もしかして旧五百円硬貨かな？　今時こんな硬貨を持ってる人がいるんですね」

「旧五百円硬貨？」

千景も気になったのか、手を伸ばした。神楽が渡すと、彼は赤提灯の光で照らすように硬貨を掲げて「へえ」と感嘆の声を出す。

「俺が生まれた頃は、まだ五百円玉が銀色だったらしい。でも、この目で見るのは初めてかもしれないな」

「ふうん。そういえば千景さんて何歳なんですか？」

「二十六だ」

「げ、私より六つも上なんですか」

「なぜそんなにも嫌そうな顔をしている。何か問題が？」

「いえ、想像以上に年上なんだなって思っただけです……」

何となく年上なのはわかっていたが、六歳差だと自分が子供扱いされても仕方ないと思ってしまって、妙に悔しかったのだ。

「でもこの五百円玉、ちょっとデザインが違いますよね。なんだろ？」

千景から硬貨を受け取った神楽が、首を傾げる。

古い硬貨や紙幣は時々買取専門ショップでも取り扱うため、神楽は何度か実物を見たことがあった。しかし、記憶にあるデザインと明らかに違う。

すると、渡山が「見せてみろ」と手を差し出した。そして硬貨をじっくり観察する。

「うお、こりゃ記念硬貨だ。こんなので支払った客は初めてだな」

「記念硬貨？　すみません、もう一回見せてください」

神楽が言うと、渡山が記念硬貨を渡した。表と裏を交互に見ると、裏側には『青函《せいかん》トンネル開通』と刻印があった。

「……ずいぶん昔の記念硬貨ですね。青函トンネル開通ですって」

「ふうん。プレミアがついたアンティークコインというヤツか？」

食器を片付けながら千景が訊ねた。神楽は硬貨を渡山に返して、「ううん」と首を横に振る。

「残念ですけど、記念硬貨はさほど価値が高くないんです。よっぽど珍しいものじゃないと、高価買い取りは難しいんですよね」

「そうなのか」

「はい。例えば、本来は紙幣なのに記念硬貨として発行されると、高いプレミアがつくんですよ。一万円玉とか、十万円玉とか。ね、珍しいでしょう？」

「確かに、普通には出回っていない硬貨だな。なるほど、そういう風に価値がつくのか」

興味深そうに千景が頷く。

「なんか……」

「はい？」

ほうきとちりとりを片付けて、神楽は首を傾げる。

「今の説明の仕方、鑑定士かぐらんに似ている気がするな……」

「えっ⁉ え、いやあ〜、みなさんこういう話し方するデスヨ？」

「なんで焦っているんだ」

つい下手を打ってしまった。神楽の背中をたらたらと冷や汗が伝う。

ふたりの会話を聞いていた渡山は軽く笑った。

「なるほどな。それくらいの知識は朝飯前ってことか。トオさんの孫……いや、がらく屋を継ぐなら、当然の話か」

彼が会話に入ってきてくれて助かった。神楽は心からホッとする。

「な、なんですか。私がまったくの素人だと思っていたんですか？」

「そこまでは思ってねえけど、ま、近いことは考えてたかな」

ハッハッハ、と豪快に笑った。神楽としては複雑な心境である。

(やっぱり渡山さんからしてみれば、私は『若造』だもんね。頼りなさそうに見えるんだろうなあ)

一応、これでも目利きには自信がある。幼い頃から、ゲームを通じて祖父に鍛えられた。

大阪に引っ越ししたあとも、鑑定の目を錆《さ》びさせることに何だか罪悪感があって、高校時代は近所の買取専門ショップでバイトしていた。そのまま就職して、様々なものを査定しては目利きを鍛え続けた。

実は、その理由は自分でもよくわかっていない。どうして昔から鑑定の仕事に拘っていたんだろう。お金を稼ぐだけなら、他にもたくさんの業種があるはずなのに。

単に長年培った能力を手放すのが惜しいと思っていただけなのかもしれないが、誰かに望まれたわけでもないのに、神楽は当たり前のように鑑定士の仕事を選んでいた。

祖父の影響だろうか、それとも自分の中で、鑑定の仕事に何かの価値や魅力を見出しているからなのか。

運転席に座った渡山が、「嬢ちゃん」と声をかけてきた。

「その記念硬貨、やるよ。今日の駄賃だ」

「……本当に、駄賃にもほどがありますよね」

「この三人の中で一番働いたのは俺だと思うんだが？」

不満げな千景である。神楽が記念硬貨を差し出して「じゃあ、いる？」と訊ねたら「いらん」と一蹴された。

「ははは、今日はなかなか楽しかったぞ。送ってやるから、早く車に乗りな。そうだ嬢ちゃん、俺の話には少しだけ、続きがあるんだ」

渡山がチラリとこちらを見る。神楽はトラックのベンチシートに座ろうとして、首を傾げた。

「青函トンネルが開通した年。その記念硬貨が発行された頃。……ここで、あいつは身を投げたんだよ」

神楽は目を大きく見開く。千景が「なるほどな」と納得したように言った。

「そういうオマケ話をつけるのやめてくださいよ！　こんなのたまたまです。偶然、お客さんがこんな物珍しい記念硬貨を持っていたんですよ」

「物珍しすぎると思わないか？　普通はそんな硬貨は持ち歩かない。『彼』が所持していたと考えるのが自然だろう」

「幽霊がお金持っててたまりますか。たまたまコンビニのお釣りが記念硬貨だったんですよ。よくある話です」

「俺は聞いたこともない。いいから幽霊のひとりやふたりで騒いでないで、早く座れ」

わあわあと騒ぐ神楽を押して無理矢理シートに座らせた千景は、助手席にドカッと座った。

「あんたら、見ていておもしろいなあ。いいコンビだよ」

ふたりの様子を見て、渡山は楽しそうに笑う。

「やめてください」

「ああ、いい迷惑だ」

「なんですって？」

「神楽の意見に合意したのに、なぜ喧嘩を売ってくるんだ」

腕組みして呆れた目をする千景に、神楽はぐぬぬと唸る。

(可愛くない……！　ほんとこの人は腹が立つ～！)

ムカムカする神楽をよそに、トラックにエンジンがかかる。

渡山はふいにバックミラーを覗いた。鏡の先は、月の明かりに照らされた海がうっすらと見えている。

「すまねえな……。俺のラーメン、うまいと思ってくれたなら、いいな」

ポツリと呟いた渡山はひとつ瞬きをすると、車を出した。


次の日、なぜか渡山がふたたび現れた。

「神楽嬢ちゃん。俺のトラックなんだが、『再査定』してくれねえか？」

がらく屋の中で祖父の手書き台帳と格闘していた神楽は、不思議そうな顔をした。

「再査定ですか？」

渡山は金歯を光らせて、ニッと笑う。

「なんせ十年くらいの間、質料を払うだけだったからよお。もうちょい質料安くなんねえか、って思ってな」

人差し指と親指でマルを作る。

神楽は呆れてため息をついた。

「人の質屋をガレージ代わりに使っておいて、更には値段交渉ですか」

「なんか言ったか？」

「いいえ」

口を真一文字に引き締めて返事をした神楽は、コンクリート造りの倉庫に入れたトラックを念入りに点検する。そして一通りのチェックを済ませた後、がらく屋に戻った。

「前回の査定時よりも、劣化が進んでいます。白のボディーカラーは人気色ですが、キズと凹《へこ》みが目立ちますね。あと、内装は煙草とラーメンの匂いが酷いです。クリーニングが必要なことを踏まえると、査定額はこちらになります」

金額をはじき出した神楽が電卓を見せると、渡山は不満そうな表情を浮かべた。

「質料が下がったのはいいが、前より貸付金が安くなってねえか？」

「一般的な査定額だと思いますけど……」

「もうちょっと高い価値をつけてくれよお」

「祖父のやり方は知りませんが、私のモットーは誠実かつ公平な査定です。ひいきはしません。でも、意地の悪い査定もしません。今、元金から差額をお支払いしますね」

神楽がレジを開けながら言うと、渡山はヤレヤレと肩をすくめる。

「神楽嬢ちゃんは融通の利かねえ真面目チャンだな。仕方ねえ。それで妥協してやるか」

神楽から差額を受け取った渡山は、ごそごそと内ポケットに仕舞う。

「そういや神楽嬢ちゃん。その目利きはやっぱりトオさんに仕込まれたのか？」

ふと思い立ったのか、渡山が尋ねてくる。レジを閉めた神楽は顔を上げた。

「仕込まれたっていうのは違っているかもしれません。ただ、幼少の頃からずっと祖父とゲームをしていたんです。恐らくあれで、自然と目利きを鍛えていったんでしょうね」

本物か偽物か、ひとつの宝石から見極めるゲーム。古美術品の年代や歴史を当てるゲーム。陶器の評価額を当てるゲーム。

すべてが遊びだ。しかしその遊びを通して、神楽は自然と目利きを培っていった。大阪に移住したあとも、何か物品を手にするたびに黙々と観察するクセがついてしまった。

祖父からこの店を遺贈されたことを考えると、もしかしたら彼は、昔から神楽を後継者にするつもりだったのかもしれない。

「でも、鑑定士としてはまだまだです。こればかりは実地で経験を積み上げていくしかないですから。車の査定だって、前の仕事で聞きかじった知識でやっていますし」

鑑定士なんて、実は誰でも名乗れる職業である。審美眼は人それぞれで、絶対の価値観など存在しない。客が買取専門ショップをはしごするのはそのためだ。人によって査定額は変わるのである。

だから、神楽の査定も『絶対』ではない。

それでも、このがらく屋を継ぐと決めた時から、自分に言い聞かせているルールがあった。

「私は、自分に嘘をつく査定だけはしません。だから私の価値観が、このがらく屋の査定基準なんです」

はっきりとそう言うと、渡山は金歯を光らせて「ヘッ」と笑った。相変わらず、無駄にきらきらと光っている。

「嬢ちゃん、なかなか気《き》っ風《ぷ》のいい大口を叩くじゃねえか。そう言うからには、さっさと一人前になれよ。俺がくたばる前にな」

笑いまじりにそう言って、渡山は「またな」と去っていった。

渡山を見送った神楽は、疲れたように自分の肩を揉む。

「おじいさん……もしかして、うちの顧客はああいうアクの強いおじさんばっかりだったりしないよね？　さすがに勘弁してほしいんだけど……」

ぼやいていると、裏口の扉が開いた。

「帰ったか、あの男」

「……もしかして、渡山さんが帰るのをずっと待っていたんですか？」

後ろを振り向くと、千景が仏頂面で立っていた。

「ああ。またラーメン作れと言われたら困る。あまり関わりたくない」

「あはは……。千景さんのラーメン、おいしかったですからね。でも渡山さんは、またあのトラックを引き取りに来そうな気がしますから、お手伝いを頼んでくるかもしれません」

伝票を片付けながら、神楽が言う。

「なぜだ。渡山さんの利き腕は、完治しないんだろう？」

千景が壁によりかかって腕を組み、訊ねた。

「あの人は今もリハビリで通院しています。つまり、渡山さんは一年以上も、リハビリを頑張っているんです。その理由は……わかりますよね？」

神楽は穏やかに千景を見つめる。

今でも日常生活に支障はないと、渡山は笑っていたが、それでも通院をやめることなく、リハビリに励んでいる、その理由。

「――ふたたび、ラーメンを作るため……か」

千景が呟いた。

実際に、渡山がそうだと口にしたわけではないから、想像に過ぎない。しかし信憑性があった。頑張る理由なんて、それしか思いつかない。

「昨日、ここでトラックを見た時の渡山さん、ちょっと諦めたような顔をしていました。きっとリハビリは私が思うよりも辛いんでしょうね。心がくじけそうになる時もあるんだと思います」

帰ろうとする渡山の後ろ姿があまりに寂しそうだったから、神楽は提案した。

もう一度、トラックにエンジンをかけてみよう。

チャルメラの音を響かせて、赤提灯に明かりをつけよう。

『このトラック、ちょっとだけ動かしてみませんか!?』

勝手に口から出たあの言葉は、自分なりに彼を応援したかったからなのかもしれない。

寒くて暗い公園の駐車場で、温かいラーメンを啜る客の姿を見ていた渡山は嬉しそうな顔をしていた。後悔と懺悔を口にして、それでも毎日を頑張る若者にひとときでも癒やしの時間を与えられたことに、喜びを感じていた。

また屋台を引きたい。あのホッとした客の顔が見たい。

今日の渡山は昨日よりも少しだけ明るく見えたから、きっとそう考えているはず。

千景は呆れてため息をついた。

「神楽はじいさんよりもお人好しで、いらない世話を焼きたがるお節介なんだな。ようやく理解した」

「私から言わせると、あなたも大概だと思いますけど？」

「それは絶対ない」

千景はきっぱり断言する。

口は悪くて無愛想だけれど、気遣いと優しさがある。あと、割とマメだ。知らぬは自分ばかりかな、と思いながら神楽はカウンターから移動し、ショーケースの鍵を開けた。そして記念硬貨や古い貨幣がディスプレイされた場所に、駄賃としてもらった硬貨を飾った。

「それ、もしかして売るつもりなのか」

「私は鑑定士であって、コレクターではないですから。渡山さんがこれを報酬だと言うのなら、ありがたく商品にさせてもらいます。それに、この硬貨を欲しがっている人が手に入れて大切にしてくれるほうが、硬貨は幸せじゃないですか？」

そう言って、神楽はショーケースの鍵を閉めた。

「……そうだな。ものだって、不幸せよりは幸せなほうがいいだろうな」

どこか遠くを見つめて、千景はそう言った。

(何だか寂しそう？　いや、悲しんでいるのかな。どうしたんだろう)

彼の表情に神楽は少し疑問を覚えたが、すぐにやることを思い出してパンと手を打つ。

「そうだ千景さん、店番をお願いしてもいいですか？」

「構わないが、神楽は何をやるんだ？」

裏口から出ようとする神楽に、千景が声をかける。

「あのトラックの整備をしてみます。たいしたことはできませんが、一応点検くらいはやっておこうかなって思って」

「……待て、神楽は車の点検をやったことがあるのか。そもそも車の免許、持っているのか？」

「もちろん持っていますよ」

ふふんと偉ぶる。千景がなぜかジト目になった。

「運転歴は？」

「免許取ってから一回も運転してませんが？」

「世間ではそれをペーパードライバーと言うんだ。そんなのでよく車の点検をやるなんて言えるな。逆に感心する」

「な、なんですか！　ちゃんと教習所で一通り習ったから大丈夫ですよ。車の点検方法だって、ネットでしっかり調べましたし！」

「あんたがやると、逆にトラックが壊れそうだ。俺がやっておくから、おとなしくここで仕事していろ」

「ええ……」

不満の声を出す神楽をよそに、千景は裏口から出ていく。

「相変わらず失礼なんだから。人のことをダメだって決めつけてさ。私だって点検くらいできるのに」

ブツブツ文句を言いつつ、神楽はハンドモップを手に取って、店の掃除を始めた。

でも、渡山と関わりたくないと言っておいて、トラックの整備はやってくれるなんて、やっぱり彼はお人好しなところがある。

思わずくすっと笑ってしまった。

「やっぱり優しい人だよね。まったく素直じゃないけど」

アンティーク品が並ぶ硝子張りのショーケースにモップをかける。

ディスプレイの照明に照らされた古めかしい記念硬貨が、鈍い光を放っていた。

第三章　呪われた小箱と遺産をめぐる狂想曲

くつくつくつ。磁器製の鍋に、一口大にカットした具材が踊る。千景はカチンとコンロのつまみをひねって、火を消し止めた。

台所にピーと電子音が響く。米が炊き上がった知らせだ。

炊飯器を開けてさっくりと混ぜると、米の甘い匂いが立ちこめる。

まるで幸せの象徴のようだと思った千景は、小さく微笑んだ。

「さて。昼飯ができたが、神楽はまだ仕事しているのか？」

時計を見ると、十二時五分。昼休みは正午と決めているから、そろそろ昼食を食べにくるはずなのだが。

ちょっと頼りなさそうで、口数が多いがらくた屋の四代目店主。

最初は、こんないかにも素人みたいな人間が、質屋の経営などできるのかと疑問に思っていたが、なかなかどうして彼女は仕事熱心な女性だった。

蔵の中もしっかり把握して、質草をきちんとデータ化して管理し、ゆくゆくは改装がしたいと今から詳細な計画を練っており、神楽なりにがらくた屋をよくしようと頑張っている。

そして、彼女の祖父――桃李以上に、お人好しで甘い。

質草を大切に扱うところもよく似ているかもしれない。

（じいさんが神楽に店を遺贈したのも、今なら納得できる）

最初は世間知らずな小娘だと思っていたが、彼女とシェアハウスを始めて一ヶ月も過ぎたら、その評価は大きく変化している。

他人の忠告や助言に耳を傾ける素直さもあるし、元々買い取り専門ショップで働いていたせいか、それなりに知識もある。彼女はこれからも成長し続けて、きっといい質屋の店主になるだろう。

「まあ、ちょっと口煩いがな……」

ぼそっと呟く。これを神楽が聞いていたら「千景さんのほうがよっぽど口煩いですー！」と怒りそうだ。

おそらく、基本的に負けず嫌いなのだろう。

神楽を見れば、なんとなく親の姿も想像できた。桃李とはウマが合わなかっただけで、真面目でいい人なのだろう。共働きで忙しい日々を送っていたらしいが、神楽には親に対する萎縮《いしゅく》や恐怖といった暗い感情が一切見られなかった。自由にのびのびと生きている神楽は間違いなく『よい親』に育てられたのだ。

千景はふっと小さく笑い、壁にかけられた時計を見上げた。

十二時十五分。

「……さすがに遅いな。まさか店でうたた寝してないだろうな」

エプロンを片付けた千景は家を出る。本当に寝ていたら嫌味のひとつでも言ってやろうと思った。


その頃、神楽はがらく屋の店前で座り込んで、頭を抱えていた。

からりとがらく屋の引き戸が開く。顔を出したのは千景だ。

「何してるんだ」

もっともな質問である。

歩道に座り込んだ神楽の目の前には、一匹のゴールデンレトリバーが行儀よくお座りしていた。

「イヌ？」

千景がイヌの傍に近付くと、ゴールデンレトリバーは甘えるようにぴすぴすと鼻を動かした。

「可愛いですよね。私もさっきまで思いっきりモフモフなでなでしてました。でも、ソレを見つけちゃって途方に暮れていたんです」

がっくりと神楽が肩を落とした。

「ソレ？」

千景が訊ねると、神楽はイヌの首輪を指差した。首輪にはリードが繋がっていて、がらく屋のポストに括《くく》り付けてある。そして、メッセージカードが吊り下げられていた。千景は手に取って読み上げる。

「この子の査定をお願いします。後でうかがいます……。は？」

さすがに驚いたらしい。千景が戸惑っていると、神楽が額を手で押さえた。

「信じられないですけど、このイヌを質に入れるつもりみたいです」

「イヌは、質草にできるものなのか？」

「できるわけないです～！」

神楽は思わず喚いてしまった。

「とりあえず、後でうかがうと書いてあるなら待ってみたらどうだ？」

「……そうですね。こんなところにワンちゃんを放置するなんて許せません。一言怒らないと気が済まないです」

神楽はポストに括り付けてあったリードを解いて、イヌの喉元を優しく撫でた。

「ごめんね、ちょっと移動しよっか。こんなところにいたら、通行人の邪魔になるからね」

リードを軽く引っ張ると、イヌはおとなしくついてきた。

「ちゃんと躾《しつ》けられているんだな」

千景が少し感心したように言う。

「それに、人慣れしてますよね。毛並みも綺麗です。毛玉はないし、サラサラな手触りでした。……間違いなくペットとして飼われていたんですよ。しかも、ちゃんと愛情が注がれています」

愛情がなければ、イヌの見た目はもっと悪くなっているはずだ。一体誰がこんなことをしたんだろう。

イヌのリードを家の玄関前に繋ぎ直して、とりあえずボウルにお水を入れて置いてみた。

そして、ふたりはいつもより少し遅い昼食を摂る。

ちなみに、メニューはカレーライスだ。神楽の好物ベストテンのひとつである。

「千景さん、このカレーライス、おいしすぎます。レトルトと全然違います」

「レトルトと比べられても、あまり嬉しくないな」

笑顔でカレーを頬張る神楽に、千景が複雑そうな顔をする。

神楽にとってカレーといえば、レトルトだった。あれはあれでおいしいのだが、千景の作ったカレーはひと味もふた味も違う。

まず、スパイスの風味が濃厚だ。ピリッとした辛さに舌がひりつくが、とろとろに炒められたタマネギの甘さが強い刺激をマイルドにしていた。

軟らかく煮込まれた牛肉は口の中でほろりと崩れ、薄い黄色に染まった米はパラパラと少し硬め。これがまたカレーとよく絡み、食べ進めるスプーンの手が止まらない。

「これは、手作りのスパイスカレーだ」

「スパイスカレー？　ルーを使ってないってことですか？」

「そう。意外かもしれないが、スパイスだけのカレーは簡単に作れるんだ。炒めた具材にスパイスを順番になじませていくだけだからな」

「へえ……私にも作れるかな……」

もぐもぐと口を動かして食べていると、千景が苦い顔をする。

「神楽は、できないことを無理にやろうと思わないほうがいいと思う」

「ど、どういう意味ですか！」

「言葉のままだ」

神楽は無表情で淡々と答えた千景を睨み付ける。

（くぅ、ムカツク。いつか料理でギャフンって言わせてやるんだから）

できないことは、できるように努力すればいい。努力は必ず実を結ぶのだ。

先にカレーを食べ終えた千景は、氷の入ったミネラルウォーターのグラスをふたつ用意し、テーブルに置いた。

「話は戻るが、大事に扱われてるはずのイヌが質に入れられる理由が、全く想像つかないな」

「……そうですね」

カチャカチャとスプーンの音が台所に響く。やがてカレーを食べ終えた神楽は、冷たいミネラルウォーターを喉に流し込んだ。

正直、理解できない。何よりイヌがかわいそうだった。メッセージカードには『後でうかがう』と書いてあったが、一言文句を言わなければ気分が収まらない。相手は客だが、愛犬を質草にして金を借りようとする馬鹿者など言語道断である。

つかの間の昼食時間が終わり、神楽はがらく屋に戻った。千景は昼食の片付けをした後、家の掃除を始めるようだ。

千景とのシェアハウス生活にもすっかり馴染んでしまった。口煩いところが難点だが、これに関してはお互い様なので許容範囲である。それに、彼の言うことは基本的に間違ってはいなかった。彼なりにがらく屋を大切に思っていることもわかっている。

「でも、それはそうとして、結局千景さんって何者なのかなあ」

カウンターの裏側に座って、パソコンを立ち上げる。

この一ヶ月間、黙々と作業を進めていたが、最近ようやく台帳の内容をすべてデータ化することができた。パソコンで管理すれば、質草の保管場所や質料の支払い状況を瞬時に検索することができる。

神楽は、検索欄に『千景』と入れた。すると、彼の質草の情報がパッと映し出される。

質草は絵画。質料の支払いは現在なし。借り入れ額の返済は完了――。

千景が今もがらく屋にいるのは、質流れにされた彼の質草を取り戻すためだ。

曰く、呪われた絵画を。

亡霊を信じない神楽は、当然呪いも信じない。だが、約束したからには早く見つけてあげたいと思う。

だが、調査は思った以上に難航していた。質流れにされた絵画の競売会場まではわかったのだが、そこで誰が落札したのかまではわからなかった。競売参加者の情報はプライバシーの保護義務もあるので、神楽が問い合わせたところで教えてもらえるはずもない。

「さて、どうしたものかな」

神楽ひとりの力でどうにもできないなら、誰かの手を借りる必要が出てくる。

でも、誰の手を借りたらいいんだろう。

腕を組んで考え、ふと思いついた。

「源川……公司」

千景の私物が入った段ボールから落ちた名刺。そこにはアート専門買取店と書いてあった。もしかしたら、源川公司という人物なら絵の在処について調べてもらえるかもしれない。

「うーん。千景さんに聞いたら教えてくれるのかな？」

あの時は遠慮して聞くのをやめたが、今なら話してくれるだろうか。

「そういえば、苗字が同じだったんだよね」

やはり近親者なのだろうか。そういえば、千景は未《いま》だに自身についての話をまったくしてくれない。

そろそろ機会を見つけて尋ねてみるかと考えていると、ふいにがらく屋の引き戸ががらりと開いた。

「いらっしゃいませ――」

神楽は声をかける。だが、客はあまりにも質屋にそぐわない姿をしていたから、思わず言葉を失ってしまった。

女の子だ。

年齢は小学校の低学年くらいだろうか。六、七歳といった感じの少女は春の季節に似合う、さくら色のスプリングコートにボアのついた白いブーツを履いていた。

長い黒髪はツインテールでまとめて、きらきらした小さなリボンの髪留めを双方につけていた。

ここがファンシーショップならとても馴染むだろうが、残念ながらがらくた屋は古いだけが特徴の質屋だ。はっきり言って、女の子が欲しがるような商品はない。

「あの……お嬢さん、どうしましたか？」

なんと言えばいいかわからないまま、尋ねる。すると少女は神楽を見上げ、肩に掛かっていた髪を軽く払った。

「こんにちは。突然で失礼しますが、がらくた屋の店主さんを呼んでいただけますか？　確か、ご高齢のおじいさまが経営されているんですよね？」

神楽の言葉はまるっと流して用件を話し出す。見かけよりもずっとしっかりした口調で、どこか生意気な雰囲気がした。

ずいぶんとおしゃまな女の子だなあと思いながら、神楽は笑顔を見せた。

「最近代替わりをして、私が今の店主ですよ」

「あなたが？」

少女は不満げな表情を浮かべて、値踏みするようにジロジロと神楽を見る。

「えっと……お嬢さん、ここは質屋ですよ。どういった用件ですか？　お父さんとお母さんは一緒じゃないのかな？」

気を遣って、言葉を選びながら話しかける。しかし少女は「まあ仕方ないか」と諦めたように言った。この子全然こっちの話を聞いてくれない……神楽は内心凹んでしまう。

「あたし、査定額を聞きに来たのよ。『質草』の首輪に、メッセージを残していたでしょう？」

「……アレの犯人はあなたかーっ！」

思わず怒りに任せたツッコミをしてしまった。

まさかイヌを置き去りにしたのがこの少女だったなんて、想像もしていなかった。

「こら！　あんな悪ふざけをしたらダメでしょう」

「ふざけていません。あたしは本当に査定してほしかったんです」

「じゃあどうして店の前に置いていったの。あれじゃあ、捨て犬も同然よ」

「事情があったんです。あたし、あの時はとても急いでいたから……。でも、メッセージがあったでしょう？」

まっすぐにこちらを見つめて、大人相手でもはっきり言い返してくる。

何だか大人びているというか、子供らしくないなあ、と神楽は思った。

「とりあえず、早く引き取ってもらえるかな。こっちだって困るし」

「質屋なのに、査定してくれないんですか？」

「犬なんて査定できるわけないでしょ！」

「あら、『がらく屋』は質草に区別をつけないと聞いていたのに残念だわ。店主が変わったせいで、不便な質屋になっちゃったのかしら」

「………………」

子供相手なのだからマジになってはいけない。だが、あまりに言葉が過ぎるのではないか。困惑した神楽が頭痛を覚えた時、裏口のドアがカチャリと開いた。

「神楽。……ん？」

現れたのは千景だ。訝しげな顔をして、ふたりを見比べている。神楽が頭を抱えながら簡単に事情を話すと、千景は「あのイヌの主人か」と頷いた。

「なるほど。それで鳴いていたんだな……」

「どうかしたんですか？」

「さっきからイヌがキュンキュンと煩いんだ。きっと、主人が来たのがわかったんだろう」

どうやら千景は、イヌの鳴き声が気になり、こっちの様子を見に来たらしい。神楽は少女を家へ案内することにした。庭を通って玄関に入ると、イヌがパッと顔を上げる。その瞬間、少女は嬉しそうに両手を広げた。

「ヴィッキー！」

彼女の呼び声にイヌは嬉しそうに舌を出し、ぱたぱたと尻尾を振った。どうやら、このゴールデンレトリバーは『ヴィッキー』という名前らしい。少女は幸せそうにヴィッキーを抱きしめ、頭を撫でた。

「ごめんね。こんなうらぶれたおうちに置き去りにしてしまって。寂しかったでしょ。本当にごめんね」

「……ずいぶんと口の悪い子供だな」

千景が嫌そうな顔をする。口の悪さで言えば、千景も人のこと言えないんだけど……と思いつつ、神楽はコホンと咳払いをした。

「ヴィッキーって名前なんだね。女の子なのかな？」

「そうだな。ヴィッキーなら女の子だろう。そう名付けた理由も想像つくしな」

そっけなく言った千景に、ヴィッキーの背中をさすっていた少女がくるりと振り向く。

「あら、あなたにはヴィッキーの由来がわかるの？」

「『ゴールデン』・レトリバーだからヴィッキーなんだろ」

「ど、どういうこと？」

神楽は意味がわからなくて、慌てて訊ねる。

「ヴィッキーはヴィクトリアの愛称だ。そしてゴールデンレトリバーはイギリスが原産地。ヴィクトリアとイギリスで連想すると『女王』が思いつく。ヴィクトリア朝といえば産業革命を経て黄金期と呼ばれた時代だ。つまりゴールデン……という感じで名前を決めたんだろ、ってことだ」

千景の説明に、神楽は「へえ～！」と感嘆の声を上げた。少女も驚いた顔をしている。

「すごい。大正解よ。もしかしてこちらの男性のほうが、本当のがらく屋の店主なんじゃない？」

「うう、質屋はそんな難しい連想ゲームをするところじゃないし……」

立場がなくなった神楽はしょんぼりと反論する。

「俺は単なるバイトだ。さて、今度は君の名前を教えてくれないか。そろそろ本題に入らないと、うちの店主が本格的にいじけてしまう」

「別にいじけてないです！」

神楽がむきになると、千景が「はいはい」と言いながら頭をぽふぽふ叩いてきた。

（だから、子供扱いしないでほしいんですけど！）

ムカムカする神楽をよそに、少女は今思い出した様子で「あっ」と手を口に当てた。

すっかり自己紹介が遅れていたことに、やっと気付いたようだ。

「ごめんなさい。あたしの名前は桜沢唯《さくらざわゆい》よ」

「唯ちゃんね。ずいぶんとしっかりしているみたいだけど、幾つなの？」

「今年で九歳になるわ」

唯の答えに、神楽は「九歳……」と呟き、まじまじと唯を見た。自分がそれくらいの頃、ここまでペラペラと弁が立っていただろうか。それとも、今時の九歳はしっかりしているのだろうか。

神楽がどうでもいいことで考え込んでいると、千景が冷静な口調で唯に話しかける。

「早速だが、なぜヴィッキーを質に入れるんだ。何か理由がありそうだな」

唯は小さな手をギュッと握りしめた。表情は一気に硬くなり、思い詰めた様子になる。ヴィッキーが彼女の様子に気付いたのか、キュンと小さく鳴いた。

「唯ちゃん？」

神楽が声をかけると、唯はキッと顔を上げる。

「あ、あたし、お金が欲しいの。だからヴィッキーを査定して！」

その目はやけに真剣だ。嘘をついているようには見えないが、なぜ明らかに可愛がっているペットを手放そうとしているのだろう。

どう言ったものかと考えた神楽は、諭《さと》すように話し始めた。

「最初に言っておくけど、ペットは質草にできないよ」

「どうして？」

「ペットを飼うのはとてもお金がかかるの。ごはん代、シャンプー代、獣医に診せた時の医療費。定期的な予防接種もある。これだけでも相当のお金がかかるのはわかるでしょう？」

一般的な九歳には難しい話かもしれないが、唯なら理解しそうな気がした。案の定、唯は困ったように眉を下げる。

「百歩譲ってヴィッキーを質草にしたとしても、唯ちゃんは更新の時期に質料を支払える？　支払えなければ、ヴィッキーはがらく屋の買い取りになるよ。質流れになって、どこかの誰かにヴィッキーを売るかもしれない」

「そんな！」

「それが質屋なの。ここは何でも預かってくれるロッカーじゃないんだよ」

神楽が静かな声で言うと、唯は俯き、あふれ出しそうな感情を我慢しているのか、唇を噛む。

言い過ぎたかな、と神楽は不安になる。泣かれたらどうしよう。その時は千景に丸投げしよう。情けないことを真剣に考えた時——唯がパッと顔を上げた。

「じゃあ、お金はいらないわ。でも、ヴィッキーを質に入れてほしいの」

「いや、だから、質に入れるのはできないって」

「質料なら払うわ！　お金はたくさん用意できないけど、ごはんなら、お家にあるものを持ってくるから」

「それはすでに質に入れるという話じゃないだろ……」

千景が呆れ顔で言うが、唯は聞かない。

「お願い、ヴィッキーを売らないで！　質にしてほしいの！」

つぶらな瞳がうるうると潤んでいて、必死なのか唇は震えている。

どうやら相当追い詰められているらしい。

(家にヴィッキーを置いておけない、何か深刻な事情があるみたいだけど。どんな理由なのか……うーん、全然想像がつかないなあ)

神楽が困り果てていると――。

「神楽。店のほうから声が聞こえるぞ」

「え？」

千景がトントンと神楽の肩を指で突く。慌ててがらく屋のほうに視線を向けると、開けっぱなしになっていた裏口から、『誰かいないのか!?』と声が聞こえてきた。

「あ、お店にお客さんが来てるんだ！」

神楽が慌てて走る。後ろから千景と、なぜかヴィッキーと唯もついてきた。

「お待たせして申し訳ございません。いらっしゃいませ」

裏口から入って挨拶すると、そこには総勢五名の大所帯が待ち構えていた。いずれも中年から壮年といった年代の人たちだ。観光客か何かだろうかと、神楽は少し驚く。

「おい、店主はあんたか」

中年男性が声をかけてきた。やけに横柄な物言いである。神楽は戸惑いつつも「はい」と返事をした。

「この店にイヌがいるだろ。俺はそいつを引き取りにきたんだ」

思わず目が丸くなった。がらく屋にいるイヌといえば、一匹しかいない。

「違うわ！　私が引き取りにきたのよ」

「待て、最初は皆で引き取ってからだって話だったろう」

「そうですよ。早速独り占めするような物言いはやめてください」

ぎゃあぎゃあと大人たちが騒ぎ出す。

「待ってください。は、話が見えないんですが」

神楽が声をかけると、五人分の視線が一気にこちらへ集まった。

（うっ、迫力がすごい。あと、コワイ）

たじたじになっている神楽に、中年男性が怒鳴り声を上げた。

「イヌを返せ！　この店に入る唯を見たんだ。間違いない！」

「あれは私たちにとって必要なイヌなんです」

中年男性を押しのけて、女性が必死な様子で言った。

（唯って……。つまりこの人たちは唯ちゃんの関係者なの？）

しかしなぜヴィッキーを引き取ろうとしているのか？　話がまったく見えない。

戸惑う神楽の後ろで「いたわ！」と女の大きな声が上がった。慌てて神楽が後ろを向くと、いつの間にか気の強そうな中年女性が店の裏口に入り込んでいた。

（もうひとり入り込んでいたの!?）

びっくりした神楽は慌てて注意する。

「お客様。裏口に入らないでください！」

女性はキッとこちらを睨んできた。

「なによっ！　イヌを隠しておくのが悪いんでしょ！」

女性は怒鳴りながら、ヴィッキーの首輪を摑んでズルズルと引きずり出した。

ヴィッキーは苦しそうな顔をして、目をギュッと瞑っている。

その時、千景の厳しい声が飛んできた。

「やめてください！」

千景が中年女性を手で制して、ヴィッキーとの間に入った。

「弱い動物に、手荒なことをしないでください」

中年女性がキッと千景を睨み付ける。

「さっさと返してくれたらいいのよ。それともなに？　あんたも金を狙ってるワケ？」

「何をおっしゃっているのか、意味がわかりません」

「唯をたぶらかして、遺産を横取りしようとしているんでしょ。最低！　あれは私のものなんだからね！」

女性がヒステリックに叫び出す。千景が不快そうに表情をゆがめた。

「おい、どさくさにまぎれて何言ってんだ。あれは長男である俺のものだ」

「今時、長男とか馬鹿ですか？　法律で分配は決められているでしょう」

再び騒ぎ出す大人たち。特に女性のキンキンとした金切り声が頭に響く。

「とにかく、ヴィッキーから離れてください。力尽《ちからず》くで引っ張ったら可哀想でしょう？」

収拾をつけなくてはと思った神楽が、できるだけ落ち着いた声で皆を諭す。しかし、一際騒いでいた中年女性は居丈高《いたけだか》に腕組みし、神楽を馬鹿にしたような目で見て「はあ？」と言った。

「イヌに何しようが、あなたには関係ないでしょ」

……神楽の頭の中で、何かがブツッとキレる。

「イヌって言わないでよ……ヴィッキーって名前があるんでしょ……」

「ああ？」

口の悪い男が迫力のある睨み顔で凄《すご》む。しかしキレた神楽は一歩も引かなかった。腕まくりをして、ずずいと一歩前に出る。

「申し訳ございませんが！　ヴィッキーは渡せません！」

「何だと？　勝手なこと言っててんじゃねえよ！」

「いいえ勝手ではありません！　ヴィッキーはがらく屋の質草です。誰であろうともお渡しすることはできません！」

喧嘩上等だと言わんばかりの神楽に、目の前の大人たちは一斉に色めきだった。

「ヴィッキー。……庭に行ってろ」

千景がヴィッキーの背中を軽くさすって、裏口に向かって指をさした。ヴィッキーはぴくっと顔を上げると、何かを見つけたように早足で出ていく。おそらく裏口の向こうに隠れている唯を見つけたのだろう。千景はバタンと裏口のドアを閉めて、その前に立ちはだかった。

(千景さんも、私と同じ意見みたい。こういうところで妙に気が合うんだなあ)

神楽は千景に向かって軽く頷く。……少し冷静さを取り戻した。神楽は大人たちに向かい、静かな口調で話し始める。

「私は、あなたたちの事情は知りませんし、お伺いするつもりもありません。ただひとつ言えるのは、ヴィッキーはお客様からお預かりしている大切な質草だということです」

「つまり、金が欲しいということなの？」

さっきからヒステリックになっている女性が聞いてくる。この人はさっきから金の話ばかりだ。

「お金の話ではありません」

「同じことよ。質に入れたイヌだから、貸付金を払えってことなんでしょ」

「確かにそれは間違っていません。しかしながら、これは私とお客様との間で行われた契約なんです。他人であるあなた方からお金を頂いても、ヴィッキーを返すことはできません」

きっぱりと神楽が言い切ると、彼らはお互いに目を合わせた。しばらくして、ひとりの男性が前に出てくる。細いメガネをかけてきっちりと髪を横分けにした、神経質そうな人だ。

「イヌを預けにきたのは唯でしょう？　私は唯の父親です。娘の代理として引き取らせて頂きたい」

（この人が唯ちゃんの父親なんだ。似ているような、似ていないような……）

観察もつかの間、神楽は顔色を変えずに要求をつっぱねた。

「それでは委任状を用意してください。本人のサインも必要です」

その言葉に、唯の父親を名乗った男はチッと舌打ちした。そして、くるりと後ろを向く。

「だめですね。出直しましょう」

「ええ、そんな！　イヌを連れて帰ればいいだけでしょう！」

「イヌを質に入れるなんて馬鹿げていますが、ここで無理矢理取り返したら窃盗《せっとう》になってしまいます。それにヴィッキーは裏口から庭のほうに行きました。追いかけたら住居侵入と訴えられても文句は言えません」

どうやら彼は、この団体の中で一番冷静な人物らしい。その場にいた全員が、一斉に黙り込み、悔しそうな顔をした。業腹《ごうはら》だが、彼の言葉はもっともだと思ったようだ。

「仕方ねえな。今日は帰るか」

「もうっ！　潰れちゃえばいいのに、こんなオンボロ質屋！」

横柄な男と、ヒステリックな女が怒りながら出ていく。残りの人たちも続いて店を後にし、最後に唯の父親が神楽に顔を向けた。

「今度は委任状を持ってきますよ。娘のサインつきでね」

「またのご来店をお待ちしております」

神楽は頭を下げた。男は「小娘のくせに生意気だな」と呟き、今度こそ去っていった。

はぁ、と息をつく。途端、へなへなとその場に座り込んでしまった。

「怖かったぁ……」

「神楽にしては頑張ったな」

「どういう意味ですかー！」

「びびって逃げ出すかと思ったが、大人数を相手によく踏ん張ったじゃないか」

そう言って、千景がふっと微笑む。

「偉かったぞ。頼りなさそうに見えても、やはり神楽はがらく屋の店主なんだな」

その言葉はまるで、やっと自分のことを認めてくれたみたいで——。

「い、いや、千景さんに偉いって言われても別に嬉しくないというか！」

顔が熱くなりながら、そっぽを向いて減らず口を叩く。

そんな神楽をよそに、千景は裏口のドアを開けた。

「もう、出てきてもいいぞ」

ばつの悪い顔をした唯がドアの向こうからそっと顔を出す。

「……ごめんなさい」

しおらしく謝った。隣にいたヴィッキーも悲しそうにキュンと鳴いている。

「唯ちゃんが謝ることじゃないよ。でも、さすがに事情は聞いておきたいかな」

神楽が明るい口調で言うと、唯がおずおずと店の中に入ってきた。

「……実は、ヴィッキーはあたしのおばあさまのイヌなの」

ぽつぽつと語り出す。

「なるほど。唯ではなく、君のおばあさんが飼っていたんだな」

千景が納得したように言った。

「そう。でも、おばあさまは身体の調子が悪くて、ここ一年くらい入退院を繰り返していたから、あたしがヴィッキーのお世話をしていたの」

「ヴィッキーが唯ちゃんになついているのは、それが理由なんだね」

唯とヴィッキーを交互に見て、神楽も納得する。

「さっき来た人は、親戚の伯父さんと伯母さん、それからお父さんとお母さん。……本当にごめんなさい。あの人たち、今はとても余裕がないのよ」

はあ、と唯がため息をついた。その辛そうな表情は、彼らが言い争う姿を散々見てきた、という様子だった。

「おばあさまが入院した時から、もう長くないって言われていたわ」

ぎゅっと小さな手を握りしめる。神楽と千景は静かに彼女を見つめた。

「その頃から財産の配分で揉《も》めて、みんなが喧嘩し始めたの」

それは、辛くもよくある話だ。お金というのは、時にきょうだいの縁も簡単に壊してしまう力がある。

(でも、唯ちゃんにはそんな大人の争いがどんな風に見えていたのだろう)

神楽は悲しい気持ちにならずにはいられない。

「お見舞いも誰も行かなかったから、あたしが病院に通っていたわ。その時、おばあさまが『大切な宝物をヴィッキーに隠させた』って言ったの。それは秘密にするつもりだったのに、伯母さんが聞き耳を立てていて……」

くぅん、とヴィッキーが鳴いた。唯はふかふかした頭を優しく撫でる。

「おばあさまが財産を隠しているって、伯母さんが言い出したわ。その話は親戚中に広がって、皆がヴィッキーを取り合ったの」

今日、神楽の目の前で起きたことと同じように、彼らはヴィッキーの首輪を引っ張り合って争ったのだろう。知らず、神楽の表情が苦いものになる。

「この子は怖がって、ケージから出なくなったわ。それでも毎日のように無理矢理引っ張り出しては隠し財産を教えろって、ヴィッキーに詰め寄って……」

その時の情景を思い出したのか、唯が泣きそうな顔をして俯く。

千景は腕組みして、彼女に訊ねた。

「それで唯は、ヴィッキーをがらく屋に連れてきたのか？」

「……友達に質屋のおじいさんがいるって、おばあさまから聞いたことがあったの。だからヴィッキーを質に入れたら隠せるかなって……」

「ああ、イギリス繋がりで友達だったのか」

千景が不思議なことを言った。神楽は彼に顔を向ける。

「どういうことですか？」

「じいさんはイギリス芸術が好きだったんだ。ヴィッキーの名前からして、唯のおばあさんも同じものが好きだったんだろ」

なるほど、と神楽は納得する。

「そういえば、千景さんはヴィッキーの名前の由来を当ててましたね。それにも理由があるんですか？」

「実は、俺はイギリスに長期滞在していたことがあったんだ。まあ、渡英を勧めてきたのはじいさんだったが」

ふうん、と神楽は相づちを打つ。

またひとつ、千景の新たな一面を知った。

それにしても、祖父がイギリス芸術好きだったとは初耳である。千景に渡英を勧めたのも当然知らなかった。

きっとまだまだ、祖父について知らないことがあるのだろう。

(凹んじゃうけど仕方ない。十年近く会いに来なかったのは私なんだから)

神楽は気持ちを切り替えて、唯に話しかけた。

「ヴィッキーを質に入れたい理由は理解できたよ。でもやっぱり、このままってわけにはいかないよね。彼らも諦めてないみたいだし」

「うん。あたしが家に帰ったら、すぐにヴィッキーを取り戻しに来ると思う」

「少なくとも唯の父親は、すぐに委任状を作成するだろうな」

千景もどうしたものかと悩んでいるのか、腕組みして顎を触っていた。

「……お父さん、そんなにお金が欲しいのかしら。お母さんは前からすごく必死だったんだけど、お父さんは財産には興味がなさそうだったのに……」

唯が寂しそうに呟いた。財産に必死だった女性――もしかすると一番ヒステリックに騒いでいた女性が唯の母なのかもしれない。

金に執心する母と、冷静そうな父。ふたりの間で、唯はどんな気持ちで毎日を送っているのだろう。神楽は何だか心配になってきてしまった。

「その……唯ちゃんは、両親のことをどう思っているの？」

「もちろん大好きよ。でも時々、息が詰まりそうになるの。だからあたしは、よくおばあさまの家に遊びに行っていたわ」

真新しいさくら色のスプリングコート。可愛らしい髪留め。泥のついていない靴。

一目見てわかるほど、唯は大切に育てられている。きっと、唯本人もよく理解しているのだろう。だが、彼女は小さな手を握りしめた。

「あたしは、いい学校に入るために小さい頃からたくさんお稽古《けいこ》ごとに通ってる。お母さんが隠し財産に夢中になっているのは、あたしのためだって言っていたわ。あたしを育てるのに、お金がたくさんいるの。だから、お母さんが必死になっているのは、あたしが原因なのよ」

だから自分の両親を嫌わないで。唯の瞳はそう訴えていた。

ヴィッキーは守りたい。だけど財産で争う近親者に嫌悪感を持たれたくない。少女の心の中は、非常に複雑な思いでいっぱいなのかもしれない。

「ぜんぶ、あたしが悪いの。頭がもっとよかったら……何でも上手にできていたら、お金をそんなにかけなくてもよかったはずなのに」

「──唯、それは違う。唯は何も悪くない」

千景が唯の言葉を遮った。そして彼女と視線を合わせるようにしゃがむと、頭をやわらかく撫でる。

「唯はちゃんと努力している。母親の期待を背負っても、大好きと言えるところは素直にすごいと思う。ヴィッキーにはもう少し優しくしてほしいが、俺は特に嫌悪はしていない」

唯が目を大きく見開いた。千景はどこか悟った目をすると、柔和な微笑みを見せた。

神楽も驚く。……彼がこんな笑顔を見せることもあるんだと。

「金が欲しい。その気持ちは多かれ少なかれ、誰しもが持つ感情だ。金があれば、単純にできることが増えるからな」

千景は立ち上がると、神楽に顔を向けた。

「神楽。ヴィッキーが隠した『隠し財産』を、俺たちで見つけてみないか？」

「え？」

驚きの提案に、神楽は首を傾げる。千景はヴィッキーを見下ろして言った。

「このままでは、ヴィッキーはずっと追いかけ回される。それなら、さっさと解明したほうがいいだろ」

「あ、そっか。隠し財産さえ明らかになれば、もうヴィッキーが怖い目に遭うことはなくなりますもんね」

神楽がぽんと拳を打つ。そもそもは唯の祖母がヴィッキーに宝物を隠させたと言ったせいで、皆はヴィッキーを取り合っている。だから、宝物が何かさえ判明すれば平穏が訪れるはずだ。

「でも、おばあさまの宝物を勝手に探してもいいのかな。一応、本人に了承を得たほうがいいと思うんですけど」

ちょっと気になった神楽が言うと、唯は静かに微笑んだ。それは花のつぼみが開いた瞬間のように可愛らしい。しかし、すぐに散ってしまいそうな儚《はかな》いものだった。

「おばあさまは先日亡くなったわ。病室で……皆に隠し財産の在処を問い質《ただ》されてる時に、突然身体の調子が悪くなって、そのまま」

さすがに、かける言葉が見つからなかった。神楽は絶句して唯を見つめる。

(この子は、慕っていた人を失って間もないのに、ひとりでヴィッキーを守ろうとしていたんだ)

その小さな身体で、未熟な手で。イヌを質に入れるという突拍子もないアイデアは、懸命に知恵を絞り出した結果なのかもしれない。

「……おばあさまの宝物、私たちで見つけよう」

神楽の言葉に、千景が「ああ」と同意する。唯も宝物を探す決意をしたのか、大きく頷いた。

ヴィッキーにリードを繋いでがらく屋を出る。神楽は出入り口に下げた『営業中』の木製プレートをくるりとひっくり返して、店を閉めると施錠した。

「さて。『ヴィッキーに隠させた』ということは、つまりヴィッキーが自主的に宝物を隠したっていうことだよね」

神楽は腕を組んで考える。宝物探しは、やみくもに歩き回っても仕方がない。せめて何らかの指針が必要だ。

「唯ちゃん。おばあさまは、他に何も言ってなかったの？」

「うーん……。皆に問い質されている時はずっとだんまりだったからなあ。あ、そういえば……」

唯がふと思い出したように顔を上げた。

「あたしとふたりで話している時は、ずっとヴィッキーのことを心配していたわ」

「そりゃ自分のペットのことだもんね」

「うん。『ヴィッキーは元気？』とか『いつもの散歩道は歩いてる？』とか、あたしにいろいろ聞いていたわ」

ヴィッキーの背中を撫でながら言った。一方ヴィッキーはまだ散歩に行かないのかと、ソワソワし始めている。

「いつもの散歩道……。あっ、そういうことかも!?」

神楽がハッとひらめき、拳で手の平を打った。

「どうしたんだ」

千景が尋ねる。神楽はその場でしゃがみ、ヴィッキーの頭を撫でた。

「きっと、この子の散歩道は歩くルートが決まっているんだよ。だから、ヴィッキーが外に宝物を隠すとしたら、散歩道しかないと思う」

「ああ、そういうことか」

千景も納得したように頷く。唯も「確かに！」と目をきらきらさせた。

「ヴィッキーが外に出るのは散歩道しかないわ。普段は家の中で飼っているし、散歩以外で外に出る機会は殆どないもの」

「じゃあ、さっそくヴィッキーの散歩道に行ってみよう。唯ちゃん、ルートはわかる？」

神楽が訊ねると「もちろんよ！」と唯が答えて、リードを引っ張って歩き出した。

ヴィッキーは唯の歩幅に合わせるようにゆっくりと前進し始める。

近所の公園の脇を通り過ぎて、大通りに出た。チャッチャッとヴィッキーの爪音を聞きながら歩道を歩き、大きな交差点にある歩道橋の階段を上る。

ヴィッキーはふいに足を止め、歩道橋の真ん中でくんくんと鼻を動かした。そして橋を下りると、再び歩道を歩き出す。

「おばあさまの家は、こっちの方角にあるの？」

神楽が尋ねると、唯が「そうよ」と頷いた。

コツコツ、ちゃかちゃか。ブーツの靴音と爪音を聞きながらしばらく進むと、唐突にヴィッキーは横道に入っていった。その道はがらく屋の近辺と同じで、一車線の細い道路の脇に、ガードレールのない歩道が続いている。

「あ、見えてきた。そこがおばあさまの家よ」

唯が指さした方向に、立派な日本家屋が見えた。

「うわー、すごくいい家だね」

神楽は思わず感嘆の声を上げた。大理石が敷き詰められた玄関口に大きな門扉。背伸びして塀の向こうを覗くと、雅《みやび》な日本庭園が広がっていた。

「家を一周するのも一苦労だな」

千景が呟く。

財産の配分で揉めるくらいなのだから、唯の祖母はそれなりの資産家だったのだろう。

ヴィッキーの足取りが心なしか軽くなった。なじみの散歩道だから嬉しくなったのかもしれない。

唯の祖母の家を通り過ぎて、坂道を上る。その坂道は想像以上に長くて、だんだん疲労を感じてきた。元気なのはヴィッキーだけで、神楽と千景と唯は息を切らせ始めた。

「け、結構、体力のつきそうな散歩道だね」

「おばあさま、入院するまではすごく元気だったから……」

やがて坂道を上り終える。すると、そこには広い青空駐車場が広がっていた。

灰色の砕石《さいせき》が敷き詰められただけの、簡素な駐車場。入り口はロープが張られて入れないようになっていた。

「なんだか寂しいところだね……」

周りには何もない。ぽつんと、だだっ広い駐車場があるのみだ。

「唯、ヴィッキーが駐車場に入りたそうにしているが」

千景の指摘に「え？」と唯が下を見れば、ヴィッキーが駐車場の中に向かって身を乗り出していた。リードがグンと引っ張られている。

「明らかに私有地だけど……。まさかこの先も散歩道なの？」

「おばあさまが入院する前はロープがなかったのかも。それにしても、明らかに『道』じゃないわよね。ここが終点なのかしら」

神楽と唯は駐車場の前で戸惑う。その時、後ろから複数の靴音がばたばたと急ぐ様子で近付いてきた。

「おい、財産の隠し場所はここなのか⁉」

「唯、ここから先はお母さんたちに任せなさい」

振り向くと、がらく屋で顔を合わせた唯の伯父、そして唯の母親がいた。

「お、お母さん。どうして？」

唯がびっくりしたのか、目を丸くしている。

「……兄さんが、質屋を見張っていたら絶対に動きがあるはずだって言ったのよ。まさか本当に、イヌを連れてぞろぞろ移動し始めるとは思わなかったけど」

「まさか、あれからずっと店を見張っていたんですか……!?」

神楽は呆気にとられた。てっきり諦めて帰ったと思ったのに。財産への執着が、神楽の予想を超えていた。

「他人に遺産を盗まれたらたまらんからな」

唯の伯父がジロリと睨む。神楽はムカッとした。きっと、あからさまに不快な表情を浮かべていることだろう。

「伯父さん。宝物探しはあたしが神楽さんに頼んでいるの。いきなり他人を泥棒呼ばわりするのはどうかと思うわ」

唯も腹が立ったのか、はっきりと伯父に言った。

「子供が大人に意見するんじゃない！」

激昂《げっこう》した伯父が大声を出す。

「唯の言うとおりよ。まったく……兄さんは長男のくせに短気で落ち着きがなくて礼儀もなっていない。何か言えばお金お金って煩くて、みんな兄さんにはうんざりしてるのよ」

唯の母親がフンと鼻で嗤《わら》う。怒る伯父の顔色は一層赤くなった。

「……横から失礼しますが、ちょっと気になったもので、この際聞いてもいいですか？」

まったく空気を読まない様子で、千景が口を挟む。唯の伯父は八つ当たりをするようにギロッと千景を睨んだ。しかし彼は臆する様子がない。

「どうしてそんなに、イヌが隠した遺産に拘るんですか？　そりゃ、ないよりあるほうがいいと思いますけど、それが何かもわかっていないのに」

千景の質問に、ふたりは同時に黙り込む。

「そうよ、お母さん。あたしも気になっていたの。どうして、そんなに必死になるの？　もしかしたら全然お金にならないようなものかもしれないのに……質屋を見張るだなんて」

唯の母親は、少しばつの悪い顔をした。

「私は……兄さんが変なことしないかって心配になっただけよ。この人、カッとなったら何をやるかわからないから」

「お前のキイキイしたヒステリーよりマシだ」

「なんですって！」

ふたりは言い合いを始める。千景はため息をつき、唯を見た。

「唯の親戚は、いつもこんな感じなのか」

「……そうよ。伯父さん伯母さん、お父さんお母さん。みんなで集まって、仲良く話しているところなんて見たことがない。……おばあさまとも仲が悪かったわ」

唯は下を向いたまま、辛そうに話した。すると唯の母親が吐き捨てるように言う。

「結局は母が悪いのよ。私たちが小さい頃からケチでお金に煩くて、何か買ってもらった思い出なんてひとつもない。私や兄さん、姉さんがどんなにお金に困っても、自業自得だと切り捨てるような冷血人間だったわ」

「……そ、そうなんですか」

神楽は内心びっくりした。唯から聞いた話では、イヌを可愛がる優しい人というイメージだったからだ。まさかこんなにも、我が子たちから嫌われている人だったとは思わなかった。

「唯一、孫の唯には甘かったがな」

伯父も話に乗っかってきて、落胆したようなため息をつく。

「……あいつがやっと死んで、すぐに弁護士を呼んで遺産分割の話をさせた。でも、想像以上に遺産が少なかったんだ。そうなると、考えられるのはひとつだろ」

「ヴィッキーが隠した遺産……ですか」

ようやく、なぜ唯の伯父や母親が、ヴィッキーが隠した遺産探しに必死になっていたのか納得できた。

「どうせ隠し金を貯め込んで、可愛い孫にぜんぶやるつもりなんだ。実の子供にはろくに遺さずにな。そんなもん、許せるわけないだろ！」

恫喝《どうかつ》するような大声に、唯がビクッと震えて神楽の後ろに隠れた。彼女の頭をそっと撫でて、神楽は悲しくなる。

（お金って、こんなにも人を醜くするんだな）

唯の母が言っていたとおり、彼はさっきから金の話しかしていない。

実の母が亡くなったばかりだというのに『あいつ』呼ばわりで、しかも『やっと死んだ』なんてどうして言えるのか。彼には、母親を悼《いた》む気持ちがないのだろうか。

それとも、人を思いやる気持ちをなくしてしまうのが、お金の持つ力なのだろうか。

「……じゃ、そろそろヴィッキーにお待ちかねの隠し財産を見つけてもらいましょうか」

千景が無表情で、冷めた目をして言う。

（この人はこの人で、全然感情が読めないな。私みたいに怒ったり悲しんでる感じもしないし、なんだか……こういう会話に慣れている感じがする）

でも、どうしてそう思ったのだろう。不思議に思いながら、千景を見る。

「唯、ヴィッキーを歩かせてみよう。さっきからずっと、駐車場に入りたそうにしている」

「あ……そうね。ロープが張られているから、ちょっとだけ」

唯がロープの下を潜ると、ヴィッキーはぐいぐいとリードを引っ張って前に進んだ。

唯の後ろを、千景と神楽、そして唯の母親と伯父がぞろぞろついていく。

よく見ると、敷地が広いせいか端のほうまでは砕石が敷かれていなかった。剝《む》き出しになった地面には桃の木が何本か植えてあり、散り際の桃の花がゆらゆらと花びらを揺らめかせている。

ヴィッキーは迷うことなく桃の木の下まで行くと、突然前足で掘り始めた。

「これは……」

「まさか、ここ掘れワンワン？」

千景と神楽が顔を見合わせる。ゴールデンレトリバーのここ掘れワンワンは、ちょっと珍しい光景かもしれない。

やっぱりここが目的の地なのか。五人が一斉にヴィッキーに注目している中、土の中から掘り出したのは……。

「わんっ」

ぱたぱたと尻尾を振って、きらきらした瞳で何かを咥《くわ》えている。神楽が手にとって見ると、それはオレンジ色をしたフリスビーだった。

「……おい、ちょっと待て」

険しい顔をする唯の伯父の下で、ヴィッキーが更に土を掘っている。次に出してきたのは、ホネの形をしたオモチャだ。さらに錆だらけの鈴も出してくる。

「もしかしてここは、ヴィッキーの個人的な宝物を埋めている場所じゃ……」

土まみれのテニスボールを手に、唯が戸惑った表情を浮かべる。

「うう、くそう……！　あのババア、最期の最期まで人を振り回しやがって！」

唯の伯父ががっくりと肩を落とす。隣に立つ唯の母親もさすがに複雑そうな顔をしていた。

「所詮はイヌか。期待するんじゃなかった！」

その場で膝をつき、まるで八つ当たりをするように何度も地面を叩いている。

一方、粗方《あらかた》掘り起こして満足したヴィッキーはくるくるとあたりを回り、駐車場の向こうを見た。そろそろここを後にして、別の場所に行きたいと訴えているようだ。

……宝探しの顚末《てんまつ》なんて、現実はこんなもの。

　さっきまで唯の伯父の態度にムカムカしていた神楽だが、さすがにちょっと同情してしまった。それくらい、彼の落胆ぶりは目に見えて憐《あわ》れだった。

「どうしましょう？　このオモチャ」

　途方に暮れて、神楽は千景を見上げた。

　しかし彼はオモチャを見ていない。それどころか、少し離れた桃の木を見つめている。

「千景さん？」

「ん？　ああ……仕方ないだろ。この場に放置ってわけにもいかないし、持って帰るしかない」

「そうですよね」

　念のためにと持ってきたビニール袋を広げ、神楽はポイポイとガラクタ、もとい、ヴィッキーの宝物を入れていった。これはこれで、綺麗に洗えばまたヴィッキーのオモチャとして使えるだろう。

「オモチャはこれだけ？」

「待って、うーん……あれ、なんか、布っぽいのがあるわよ」

　念のためにと、ヴィッキーが掘ったところを探っていた唯が怪訝そうな顔をした。そして手で土を掘り始める。神楽も手伝うと、やがて土と共に掘り起こされたものは、赤いチョッキを着たうさぎのぬいぐるみだった。元は白かったのだろうと思われるが、今は土まみれで茶色く汚れている。

「これが最後のオモチャかな」

神楽が言うと、隣で唯が「それは……」と驚いたような声を出した。

「おばあさまの家で見たことがあるわ。一見ただのぬいぐるみだけど、背中に切り込みがあって、小さいものなら入れることができるのよ」

「待て、唯！　背中にものが入れられる？　ちょっと見せてみろ！」

突然唯の伯父がぬいぐるみをひったくった。

チョッキを脱がせて、背中を見てみる。確かに切り込みがあったようだ。手を入れてごそごそ探ると、何かがぽとりと地面に落ちた。

「これは……」

木製の小箱だ。表面のすべてが幾何学模様になっている。

「や、やった！　これだよこれ！　間違いなく隠し財産だ！」

伯父が真っ先に箱を取ろうとする。しかし彼の手を唯の母がはっしと摑んだ。

「ま、待ちなさいよ。独り占めなんて許さないわ」

「煩い！　俺は長男だぞ。多めにもらうのが当然なんだ！」

「何馬鹿なこと言ってるの。やっぱり兄さんと一緒に行動してよかったわ。危うく隠し財産が奪われるところだったもの！」

「なんだと。お前こそ、ここに誰もいなかったら独り占めするつもりだったんだろ。俺を金の亡者みたいに言うが、お前だってかなりのもんだぞ！」

「なんですって⁉　私は娘のために必死になっているのであって、あなたみたいに自分勝手に生きてるわけじゃないのよ！」

ふたりが互いに罵《のの》り合う。唯が『また始まった』と言わんばかりに悲しそうな顔をしていた。

（止めなきゃ）

神楽は慌ててふたりの間に入ろうとする。その時、冷や水を浴びせるような冷静な声があたりに響いた。

「その箱、触らないほうがいい」

千景だ。彼は地面に落ちた箱をジッと見ている。

「は？」

唯の伯父がギロッと千景を睨んだ。

「お前、質屋で見た時からずっと偉そうな態度で気にくわねえと思っていたが、一体何様なんだ？　大体あんたは部外者だろ」

「部外者だが、その箱にはよくないものが憑《つ》いている」

千景が唯の伯父を見つめた。

無表情で、感情の載らない目。

思わずといった様子で、唯の伯父が一歩下がった。

「お、驚かせようったって無駄だぞ」

「そんなつもりはない。ただ、『彼女』がずっとそこに立っていて、あんたたちを見ているからな」

千景が桃の木に目を向けた。そういえばさっきも、彼はあの桃の木を見つめていた。

「……えっ」

嫌な予感がした神楽が戸惑いの声を出す。

――その時だった。

しくしく、しくしく。誰かの泣く声がどこからか聞こえてくる。

どうやら気付いているのは神楽だけではないようで、千景以外の全員があたりをきょろきょろ見回していた。

――「なにをまちがえたのか」

――「わたしはただ、みなでゆたかにいきたかった、だけなのに」

泣きながら、後悔のような言葉を口にしている。神楽は背筋がぞくっとした。

「おばあさまの声だわ……」

唯が目を見開いたままで呟いた。すると「キャーッ！」と金切り声があたりに響いた。

唯の母親だ。片方の手で耳をふさぎ、もう片方の手で桃の木を指さしている。

「お母さんがそこにいるわ！」

すると、唯の伯父が「うわああっ！」と叫んだ。

「こ、こっちにもいるぞ。一体なんなんだ。ち、近寄るなあっ！」

何かを振り払うように腕を振る。神楽が彼らの奇行に唖然としていたら、唯がぎゅっとヴィッキーを抱きしめた。

「おばあさま……どうして泣いているの？」

彼女は、母親や伯父とは違う方向を見ていた。

(もしかして、私だけ、何も見えてないの？)

神楽は、ひとり蚊帳《かや》の外に置かれたような気分になった。思わず助けを求めるように千景を見上げてしまう。

「相変わらず、神楽には見えないんだな」

「むしろ何が見えているんですか？　いや、予想は付いているんですけど」

十中八九、唯の祖母がいるのだろう。しかも、あちこちに存在しているようだ。

戸惑う唯、パニックになる唯の母親、そして。

「ち、違うんだあっ！　そんなつもりじゃなかった。俺のせいじゃない。周りのヤツが悪かったんだ。俺は被害者なんだ、そんな目で見るなーっ！」

一際怯《おび》えて、何やら叫んでいるのは唯の伯父だった。腕を振り回して尻餅をつき、四つん這いでしばらく移動するとふらふらと立ち上がって逃げていった。

「な、何事……」

神楽が唖然としていると、次は唯の母親が「もうやめて！」と喚き出した。

「だって仕方ないでしょ。私は子供だったんだから……今更そんなことを言われても困るわ！　私……私は、悪くない！」

唯の母親も逃げていった。まだ唯がここにいるのだが、今は自分のことで手一杯なのだろう。彼女は間違いなく混乱していた。

「どうしよう。ふたりとも、尋常じゃない怯え方だったけど……」

神楽はその場でしゃがみ、小箱を手に取る。千景は触らないほうがいいと言ったが、別に何かが起こるわけでもない。

ぱかっと箱を開けると、中には手紙が数通入っていた。

「手紙？　何だろう。……ちょっと読ませてもらうね」

唯に断ってから、一通選んで読んでみる。

それは、一言で言えば恋文だった。

――秋深まる頃、イチョウの葉を踏みしめて、あなたのことを考えます。次はいつ会えますか？　心待ちにしています。

――何度も手紙に書きましたが、それでも書き足りない。僕はあなたがとても好きです。あなたに好きだと言ってもらえるのが、何よりも嬉しい。

「な、なにこれ。もしかしてこれが、おばあさまの宝物なの？」

熱烈な愛の告白だ。こっちが恥ずかしくなる。唯も箱の中から一通手に取った。そして封筒の裏側を見る。

「これ、差出人はおじいさまだわ。苗字は旧姓みたいだけど……うちのおじいさま、婿入りだったらしいの」

「なるほど。つまりこれは、ふたりが結婚する前にやりとりしたラブレターなのね。……本当に、隠し財産でもなんでもなかったね」

予想していなかったオチに、神楽は思わず苦笑いになってしまう。

「でも、こんなラブレター入りの小箱の何が怖いの？　千景さんが触るなって脅かしてたけど、特に何も起きないし」

小箱を振りながら言うと、千景が小さくため息をついた。

「……見えないというのは、幸せなことだな」

「どういう意味ですか！」

「今現在も『彼女』は神楽を見ている。しかし神楽の気質はあまりに幽霊と相性が悪いせいで、まったく気付く気配がない。だからか、どことなく諦め顔をしているな。……かわいそうに」

「相性の悪い気質って何!?　あと、どうして私が悪いみたいな感じになってるんですか！」

怖いから見たくないけど、諦め顔をされるほど悲しまれていると聞くと、何だか申し訳ない気分になってくる。

「あたしも……別に、怖くはなかったわ。びっくりはしたけれど」

唯が手紙を小箱に戻しながら言った。

「だっておばあさま、とても悲しそうだったから。どうしてお母さんや伯父さんは、あんなにも怖がっていたのかしら。自分は悪くないとか仕方ないとか言っていたけれど」

「恐らくだが、『彼女』の我が子に対する嘆きや後悔が、彼らには責められているように聞こえたんだろうな」

なるほど。口では母親のことを悪し様に言っていたが、心の奥底では罪悪感を抱えていた、ということか。特に唯の伯父は、よほど母親に対して後ろめたいものを持っていたということだろう。

「この小箱、壊れているけどオルゴールになっているよ。もしかしたら、これもおじいさんからのプレゼントだったのかもしれないね」

神楽は小箱の蓋を開けて、オルゴールのぜんまいを見せた。

「ええ。とても素敵な『宝物』だけど、やっぱりこれは『遺産』とは言えないわ。……でも、逆によかったと思う。もし高価なものだったら、またみんなで喧嘩していただろうから」

唯が少しさみしそうな顔をして言う。

「そうだね」

謎は解けたものの、何とも実りのない幕引きだ。でも、唯が言うとおり、隠し財産なんて夢は夢のままで終わるほうがいいのだ。

これ以上きょうだいがいがみ合わないためにも。

「そういえば、これはお母さんから聞いたんだけど、おばあさまが入院する少し前から、伯父さんはおばあさまの持ち物を処分し始めたの。一円でも多く現金化して、財産の配分を多くしたいって言ってたわ」

　ぽつぽつと、唯が話し始める。

　その頃はまだ祖母も生きていただろう。それなのに、彼女の死を予想して財産をかさ増ししようとしていたなんて。神楽は小さくため息をついてしまう。自分の親に対してあまりに冷たい仕打ちではないか。

「だから……だと思うけど、おばあさまは、せめて自分の宝物だけは守ろうとしたんだと思う」

　死んでも失いたくなかった大切な宝物は、高齢の女性が心に秘め持つ、甘い思い出だった。

　それを愛犬に託し、孫にだけ秘密を教えてくれたのは、純粋にこの甘い秘密を可愛い孫と共有したかっただけなのだろう。

　……今となってはもう、彼女の真意を確かめることができないのが残念だった。

　唯は手紙を受け取ったものの、小箱は神楽に預かってほしいとお願いしてきた。ヴィッキーも飼い主が亡くなっているため、まだがらく屋に滞在している。

　それから一週間が過ぎ、東京に桜前線が到来した頃――。

「こんにちは……」

からりとがらく屋の引き戸が開いて、ひょこっと顔を出したのは、久しぶりに店を訪れた唯だった。カウンターで手作業をしていた神楽は、細いドライバーを置いて「あら」と手を上げる。

「元気そうじゃない。こんにちは」

「ええ、それなりに元気よ。こんにちは、神楽さん」

（相変わらずの生意気な物言いが、可愛いんだか可愛くないんだか）

神楽は苦笑いしつつ、さっそく千景を呼んだ。すると彼は紅茶のセットを手に、ヴィッキーを連れてがらく屋に入ってきた。

「ちょうどクッキーを焼いていた。よろしければどうぞ」

「ごはんおいしいだけでも悔しいのに、この人ったらお菓子作りも得意なのよ。すごくおいしいのがとってもムカツクの」

「いつも俺より食べるくせに、なぜムカツクと言われなければならないんだ」

千景は憮然とした表情である。唯がくすくす笑った。

「相変わらず、仲がいいのか悪いのか、よくわからないコンビよね」

温かい紅茶と甘い手作りクッキーを囲み、小さなお茶会が始まる。

「あれから伯父さんはまだ諦めきれなかったみたいで、駐車場にスコップを持ち込んで、夜中に掘り返していたんですって。でも、当然何も出なかったみたいだわ」

そしてようやく隠し財産がないと悟り、伯父は「すっかり振り回された！」と怒っていたが唯の母親は逆におとなしくなってしまったそうだ。あの駐車場で『彼女』を見てしまったのがよほどショックだったのだろう。ちなみに、唯の父親は隠し財産がないという話を聞いても「そうか」の一言で終わったらしい。

「多分だけど、お父さんは、最初から隠し財産なんてないって気付いていたのかもしれないわ」

クッキーをさくりと食べながら、唯が言う。

「そもそも『隠し財産』の話は、あたしとおばあさまの会話を立ち聞きした伯母さんが、勝手に言い出したことだもの。だから、さっさとヴィッキーを捕まえて、宝探しをさせて無駄骨《むだぼね》だと皆にわからせようとしていたのかなって、今は思うの」

「確かに、あの人はそんな風に思っていてもおかしくないかも……」

彼の冷め切った目を思い出して、神楽も同意する。

「分配した遺産は本当に少なかったみたいで、お母さんは目に見えてガッカリしてるわ。でも、実は……これはおばあさまが入院中に少し話してくれたことなんだけど……」

唯が言いにくそうな様子で話し出す。

「おばあさまの家は、確かに昔は裕福だったみたい。お母さんたちが小さい頃は、贅沢《ぜいたく》な暮らしをしていたそうよ」

だが、祖父が急死したことで生活ががらりと変わってしまった。祖父が経営していた会社は畳むことになり、祖母は女手ひとつで子供たちを育てなければならなくなった。いくつかの仕事を掛け持ちし、生活費を切りつめて、贅沢はできなくなった。

……それが、幼い子供には理解できなかったのだろう。

どうして突然生活が厳しくなったのかわからないから、いきなり母親がケチになったと言って、不満を募らせていった。

それは年を追うごとに酷くなって、親子関係は悪化の一途を辿る。

「一時期は、おばあさまもすべてが嫌になって、お母さんたちに辛く当たってしまった時期もあったみたい。でも、あたしが生まれて……おばあさまは元に戻れたって言っていたわ」

きっと、初孫の誕生にいつかの優しさを思い出すことができたのだ。

祖母は孫の唯とは心穏やかに話すことができるようになった。しかし、一度ねじ曲がった親子関係はそう簡単に修復できず……。

「伯父さんは、おばあさまの身体が弱っているのをいいことに、おばあさまのものを少しずつ売却して、そのうちやり方が露骨になって……おばあさまが所持していた土地を勝手に売却してしまったわ。それがあの駐車場なの」

「……そうだったんだ」

どうしてあんなところに『宝物』を隠していたのか。その理由は、元々祖母の土地だったということだ。

「伯父さんの事業が失敗して、借金の返済に困って、おばあさまが認知症になったとか色々理由をつけて無理矢理売ったそうなの。……でも、おばあさまは怒らなかった。ただ悲しんでいたわ。あそこには、おじいさまの会社があったそうだから」

老いると共に、いつの間にか、自分のものが子供にむしり取られていく。

このままではすべてをなくしてしまうかもしれない。怖くなった彼女は、絶対に取られたくない宝物をヴィッキーに託した。ヴィッキーが『宝物』をあの場所に隠すことを知っていたからだ。

そして最後まで理解されず、慕われず、唯の祖母は孤独にこの世から去った。

彼女にとって人生とは、どんなものだったのだろう。

神楽にはわからないが、彼女の人生の終わり方はあまりに寂しいものだった。

「まあ、そこまでないがしろにされていたのなら、嘆きのひとつやふたつ、子供に聞かせたくなるな」

「お願いだから、今は幽霊の話しないで」

神楽は真顔で千景に言う。実は今でも半信半疑なのだ。唯の伯父に、母親、そして唯も祖母を見たというが、自分は見ていない。どうにも自分の目で見なければ、信じるものも信じ切れないというか、そういう世界があるのを信じたくないというか。……ありていに言うと、普通に怖い。

「でも、唯ちゃんの話を聞くに、この小箱はやっぱりおばあさまにとっての宝物。……

『隠し財産』と言えるんじゃない？」

「そうね。でも、その箱に関しては皆すっかり気味悪がっているの。おばあさまの呪いがかかってるとか言い出してる人もいて、絶対手元に置いておきたくないんですって。だからその……箱は神楽さんに譲るわ」

唯が困ったように笑った。確かに、この箱が出てきた途端に、三人は見えざるものを見てしまったのだ。怯えるのは当然かもしれない。

「わかった。じゃあ遠慮なく頂くね」

「少なくとも神楽なら、あのおばあさんは何もしないだろうな。何せ鈍感だから」

「一言多いデスヨ千景さん」

ぱくっとクッキーを食べて、じろりと睨む。

「それで、あの、ヴィッキーのことなんだけど……」

ここからが本題なのか、唯が恐る恐るといった様子で切り出した。

しかし神楽は、彼女の表情で何となく察してしまう。

「ごめんなさい。一生懸命、両親にお願いしたのだけど……」

「うん。だめだったのね？」

神楽が穏やかに尋ねると、唯はギュッと唇を嚙みしめた。

「お父さんもお母さんも動物が嫌いで……。お金もかかるから……」

小さく握りしめた拳はぷるぷると震えている。本当は自分で世話をしたいのに、飼うことができない。

自分に無力感を覚えているのか、唯の顔はかわいそうなくらいにゆがんでいた。

神楽は彼女の様子を見て、ひとつの決断をする。

「わかってる。ヴィッキーはこのままうちの子にするよ。時々、様子を見に来てね」

「本当!?」

唯がぱあっと花が咲いたような満面の笑みを見せた。

「絶対に来るわ。ありがとう、神楽さん！」

まったく調子のいい子だと、神楽は呆れ気味に笑った。でも、彼女のそういうところや生意気な物言いが、可愛く思えてきたのも事実である。

また遊びに来ると約束をして、唯はがらく屋を去っていった。聞けば『お稽古』に行く途中にここへ寄ったらしい。実に多忙な小学生である。

神楽は小箱を指で弄りながら、椅子に座った。

「もしかして、その箱も売りに出すのか？」

空になった紅茶のカップを片付けつつ、千景が聞いてくる。神楽は小箱をころころと手の中で転がしながら首を横に振った。

「さすがにこれは売り物になりませんよ。オルゴールの部分を直して、寄木細工の宝石箱と謳《うた》えばアンティーク好きにウケるかもしれませんけど、さすがに損傷が激しいですね」

「ふうん。……それ、寄木細工というのか。幾何学模様の木目が目立つな」

表面の木目は若干色あせていて、擦れた跡があるものの、箱のデザイン自体は美しい。

寄木細工とは、神奈川県箱根の伝統工芸品だ。様々な色を持つ木を組み合わせて文様を作り上げる技術で、土産としても美術品としても人気が高い。

「これだけ傷んでいると、かなり安くしないとダメだろうし……お金になりませんね。でも、オルゴールになっているのは意外とレアかな。あとで調べてみないと」

ブツブツ呟きながら、神楽は再びドライバーを手にして、小箱の中を弄《いじ》り始めた。その様子を不思議そうに見ていた千景が、訝しげに尋ねてくる。

「ちなみに、何をやっているんだ？」

「オルゴールを直せないかなって思って、とりあえず分解してみようと思っているんです」

小箱をこねくり回す神楽に、千景が珍しく慌てた様子で小箱を取り上げた。

「待て、神楽は弄るな。絶対壊れる」

「千景さん、私のこと誤解してますよね。そんなにうっかり屋じゃないですよ！」

「いや、神楽の不器用ぶりは神がかっている。何せ、数時間のうちにラーメン鉢を三つ割るくらいなんだぞ」

「あれはあれ、これはこれです！」

「あれもこれも同じだ。オルゴールを直したいなら俺がやるから……って、ん？」

千景が小箱を見て、戸惑いの顔を見せる。

「神楽。これ、動くぞ」

「え？」

模様だと思っていた寄木細工の文様。千景が軽く指を滑らせると、カチッと音がした。箱の枠に細い隙間があったようで、そこに寄木細工のパーツが嵌《は》まるようになっていたのだ。

「まさかこの箱、欠陥品か？」

「……いや、ちょっと待ってください」

遠い知識を思い出そうとする。その間、千景は小箱と格闘していた。パーツをスライドできるのは四カ所あって、一カ所を動かさないと動かすことのできないパーツもある。まるでパズルだ。かなり厄介らしく、千景は「くのっ」とか「ちくしょう」などと悪態をつきつつ、小箱を弄り回す。

やがてカチッと音がして、千景が「おっ」と、確かな手応えを感じたような声を出した。

「小箱の反対側が開いたな」

「そうだ、思い出した！　秘密箱ですよ。これも寄木細工の有名な特徴のひとつなんです。寄木の薄い板を利用した立体パズルで、正しい方法で板を動かしていかないと、箱を開けることはできないんです」

小箱の裏側は、スライドして開けるタイプの蓋になっていた。それを開けると斜めに仕切られたスペースがあり、そして中には——

「これ、もしかして、宝石か？」

「……ちょっと貸してください」

神楽が千景から受け取ったもの。それは美しくカットされた水晶のような色味を持つ石だった。神楽はカウンターの席に座り、ルーペを使ってよく観察する。石に息を吹きかけたり、線を引いた紙の上に載せてみたり、そしてじっくりとよく眺めてから、神楽はルーペを外した。

「ザッと見ただけですけど、どうやら本物です。ダイヤモンドですよ」

「ダイヤって、あのダイヤか？」

「他にダイヤはないですよ。クラリティ……透明度も高く、キズも見当たりません。かなり良質のダイヤですね。大きさは十カラットには満たないけど、それなりの値段になると思います。鑑定書がないから、相場より安く叩かれるのは仕方ないですね」

神楽はもう一度、注意深くダイヤモンドを見る。肉眼で見る限り、石の中に不純物も見当たらないから、価値は高いだろう。なぜ指輪やネックレスなどに加工されていないのかは疑問だが、もしかしたら唯の祖母があらかじめアクセサリーから外しておいたのかもしれない。

それは、なぜか。

「ところで神楽、そのダイヤモンド、どうするつもりなんだ？」

千景が尋ねてくる。箱はすでに神楽のものだ。偶然ダイヤモンドを見つけてしまったが、別に唯へ報告する義務はないはずである。

それに、今こんな宝石を見せられても唯は困るだけだろう。どうせ争いの元になるに決まっているのだ。そんな『宝物』は、むしろないほうがいい。

だから神楽は、まるで悪巧《わるだく》みをするように、少し意地悪な微笑みを千景に見せた。

「そうですね。どこかのおしゃまな女の子が大人になった時に、アクセサリー加工を頼んでプレゼントするっていうのはどうでしょう。そのほうが、きっとこのダイヤは喜びそうなんですよね」

神楽の言葉に、千景は少し驚いたように目を丸くしたあと、優しく微笑んだ。

「ああ、その案はいいな。俺も賛成だ。それにしてもダイヤが喜ぶ……か。神楽は相変わらず、ものの幸せを考えるんだな」

千景が、どこか嬉しそうに言う。

ふたりの足下で、ヴィッキーがくああとのんびり欠伸《あくび》をした。

どうやら、早くもこの店の住人として馴染んでしまったようだ——。

第四章　恩師の呪われたネクタイピン

桜が散り、爽やかで心地よい新緑の季節がやってくる。

だが、神楽の気分は爽快からほど遠い。

（はあ、マジでどうしよう……）

悩んでいるうちに、今日も配信の時間が訪れた。

五月の連休。夜の九時。

「は～い皆様、こんかぐらっ！　鑑定士かぐらんの時間でーす！」

無理矢理気持ちを上げて、ハイテンションで挨拶した。

思いつきから始まった配信、そろそろいい加減にして辞めなければと思っているのだが、なかなか辞めるきっかけがない。

（熱心なヘビーフォロワーもいるし、何かこう、皆が納得できるような理由があればいいのになあ）

正直、ネタ切れなのである。最初は鑑定士として、ちょっとしたお得な情報とか、高価買い取りのコツとか、豆知識を教えるつもりだった。

しかし、そういう知識には限りがある。

今では鑑定士として配信する日はだいぶ減っていて、普段は雑談や、ゲーム配信でしのぐことが多くなった。

そして今日は、雑談の日である。フォロワーからのコメントを読み上げて、神楽がいろいろ答えるのだ。

「青まきがみさん、コメントありがとうございます。かぐらんさん、早口言葉を是非言ってみてください。ちなみに僕は得意です。ふむぅ、私はあんまり得意じゃないかも。青巻紙赤巻紙黄巻紙！　これはまあ言えるかな。東京特許こきゃこく……これは無理～！」

あははっと笑う。

（はあ～こんな配信してる場合じゃないのよ。マジで私、今大ピンチなのよ！）

自分は一体何をやっているんだろう……。そんな虚しさを覚えつつ、次のコメントに目を向けた。

「ええと、カルボナーラ二皿はきついさん、こんかぐら！　ええと、うちの店主、最近経営がうまくいってないのか、毎日ヤバイと言っています。うちは質屋なんですが、この業界はなかなか儲からないものなんですか？」

…………。

（ああ、やっぱりぃぃ！）

神楽は思わず頭を抱えた。やはり『カルボナーラ二皿はきつい』は千景なのだ。彼は前から鑑定士かぐらんの配信を見ていたから、これで間違いない。

「んー……と、なかなかヘビーなお話ですね！　て、店主さん、大変ですね」

なんて答えりゃいいんだと悩みつつ、神楽は言葉を絞り出した。

「そうですね、儲かる儲からないで言えば、難しいです。ムラがあるんですよね。何せ利益を得る方法が基本的に、中古品を買い取って売る、なので、そもそも質に入れる客が来てくれないと、商品が手に入らないんですよね……」

ははは、と苦笑いをする。それがまさに、神楽の悩みの種になっているのだ。

がらく屋にぜんぜん客が来ない。由々しき事態である。

「で、でも、質屋さんってことは、質を入れているお客さんがいるってことですよね。質は『質草』と呼びますが、質草を預かる間は定期的に質料を支払ってもらう必要があります。それは貴重な収入と言えるのですが、やっぱりそれだけじゃなくて、不要品の買い取りも積極的に行いたいところですよね」

そう。質料を支払ってもらう、または貸し付けた金を返してもらって利息を得る。それだけでやっていける時代はもうとうの昔に終わっている。

今の時代、質屋にものを預ける客はどんどん減っているのだ。それよりも手っ取り早く買い取りしてもらって、現金化するほうを選ぶ人が多い。

意外だったのだが、実はがらく屋は質屋としてちゃんと機能している。祖父の人徳か、それとも老舗だからか、がらく屋で預かっている質草は神楽が想像しているよりも多かった。

だから、経営が火の車というわけではない。自分と千景の生活費くらいは質料と利息で稼げているのである。でも、その収入にあぐらをかいていては進歩できない。改装という夢を叶えるためには、もっと新規客を集める必要があるのだ。でも、こんな古びた質屋に客が来るわけもなく……。

神楽はそっとため息をついた。

「そういうわけですのでそのぅ……店主さん、諦めずにファイトです！」

ぐっと拳を握って言った。なぜ自分で自分を励ますはめに陥っているのだろう。

神楽は悲しみを覚えつつ、次のコメントを読み上げるのだった。


次の日――。その日も変わらず閑古鳥が鳴いているがらく屋に、可愛い常連客がやってきた。それは学校帰りの唯である。彼女は、ヴィッキーがここに住み始めてから度々訪れては、ヴィッキーと遊んだり散歩をしたりしていた。

「ふう、五時から英語教室があるから、それまでには家に帰らなきゃ」

ヴィッキーを撫でながら、唯が疲れたようなため息をつく。彼女の多忙ぶりは相変わらずのようだ。

「このマフィン、とってもおいしいわね。オレンジのドライフルーツとクルミが合うわ」

「ああ、オレンジ好きにはたまらない味になっているはずだ」

最近は唯がよく来るせいか、千景がお菓子を作るようになってしまった。

神楽もご相伴《しょうばん》に預かれるので、別に構わないのだが。

がらく屋の商談スペースに座った三人は、しばしもぐもぐとマフィンに舌鼓を打つ。

「……ねえ、神楽さん。このお店、ちっともお客さんが来ないわね。あたしがこの店に来るようになってから、ひとりも見たことがないんだけど」

くっと神楽が悔しげな顔をする。そう、がらく屋は神楽が想像していた以上に新しいお客さんが来なかった。一応、ホームページも作ってインターネットでの買い取り受付も開始してみたが、お問い合わせのメールは一通も来ない。

質屋は、お金を工面したい人や、古美術品に興味のある人が主な客層なので、基本的に客入り自体は少ないというのはわかっていたが、ここまでとは。

黙り込む神楽を心配そうに見た唯が、おずおずと尋ねた。

「はっきり聞いちゃうけど……このお店、儲かってるの？」

情け容赦ない質問に、マフィンが神楽の手から皿に落ちる。

……店内にシィンと静寂が落ちた。

「ゆ、唯ちゃんに心配されるほど、火の車ってわけじゃないよ、ふふふ」

「収入がないわけではないが、改装資金が全然貯まらないんだ」

千景が神楽の代わりにはっきり言ってしまった。

「ああ～！　私の改装計画が早くも計画倒れしそうになっている。ほんとマジでどうしたらいいの。客ってどうやったら来るわけ!?」

思わず頭を抱えた。神楽は買取専門ショップで働いていたので鑑定の腕にはそこそこ自信はあるが、経営者としては素人なのである。

「客さえ来てくれたらいいんですよ。この際テレアポでもしたほうがいいのかな⁉」

「俺はやりたくない」

「バイトでしょうが！」

「俺の仕事は、がらく屋と住まいの掃除だ」

「そんな契約でバイトを雇った覚えはありません。でもなあ、テレアポって言っても、どこに電話かけたらいいのか、それすらもわからないし……！」

はああとため息をついていると、唯が少し悩むように天井を見上げた。

「お客さんかあ……。やっぱり、この場所に質屋があるよって宣伝をしなきゃいけないいんじゃない？」

「宣伝……チラシ配りとか？」

「わかんないけど、方向性はそういう感じだと思うわよ。お店を知ってもらわなきゃ、来る客も来ないでしょ」

確かにもっともな話である。九歳の女の子に諭されるなんて、悲しいにもほどがあるのだが。

「うーん……お店を知ってもらう、か」

神楽が呟いた時、からりとがらく屋の引き戸が開く。

「ごめんくださいい～」

唐突に馴染みのない声と共に、壮年の男性が入ってきた。

(もしかしてお客さん？)

そう思ったのもつかの間、壮年の相貌には見覚えがある。

「あっ、えにし商店街の保月さん！」

「久しぶりだねえ。がらく屋の神楽さん」

相変わらず、人の好さそうな笑顔が似合う人である。

「わざわざウチの店までいらっしゃるなんて、どうされたんですか？」

神楽は立ち上がって、保月に席を勧める。すると彼は「すぐ帰るから構わないよ」と言った。

「商工会からのお知らせがあって、渡すものもあったから直接来たんだ。しかし久しぶりに来たけれど、ここは全然変わってないね」

保月は店の中を見回して、懐かしそうな目をした。

「ううっ！」

グサッと胸に刺さるものを感じた神楽ががくっと肩を落とす。唯が「そのうちいいことあるわよ」と心にもない慰めを口にした。

変わっていないということは、逆に言えば進歩してないということである。

(客さえ来てくれたらバンバン買い取ってバンバン売ってやるのに～！)

悔しさが顔に出そうになってしまって、神楽は慌てて愛想笑いをした。

「いやあ、お店を経営するって、本当に難しいですね」

「ノウハウを持ってないと苦労するのは当然だろうね。だからこそ、神楽さんにこの話はもってこいだと思うんだ。よかったら、この催しに参加してみないかい」

保月がバッと両手で広げたもの。それは一枚のチラシだった。

「拝見します。ええと、〝えにし大感謝祭〟。楽しいガラポンくじのほか、豪華賞品が当選するかもしれない大抽選会。採れたて無農薬野菜も取りそろえております。是非、ふるってご参加ください……」

「なるほど。商店街のお祭りか」

チラシを音読する神楽の横から、千景が顔を覗かせる。次いで唯が背伸びをしてチラシを見た。

「そのチラシは今朝の新聞広告で見たわ。確か、毎年やっているのよね？」

「ふうん、知らなかったよ。でも、もうチラシが配られているのに、今からがらく屋が参加してもいいんですか？」

神楽が訊ねると、保月は朗らかな笑顔を向けた。

「もちろん。がらく屋は商工会の一員だし、飛び入り参加は大歓迎だ！　実は、出店してくれる店が少なくなる一方なんだよ。だから祭りに参加して、是非とも盛り上げてほしい」

「確かに、お祭りは盛り上がらないとお客さんが来ませんからね」

あの寂れたシャッター街を思い出す。あの商店街でお祭りを開催したところで、果たして人は来るのだろうか？　しかしこれは降って湧いたチャンスでもある。うまくやれば、大量の新規客を得ることもできるかもしれない。

頭の中で戦略を組み立てた神楽は大きく頷いた。

「わかりました。それではお言葉に甘えて、私も〝えにし大感謝祭〟に参加させて頂きます」

「おお、話を持ってきてよかったよ。あ、そうだ、これも渡しておくよ」

保月はチラシとは別に大きなバインダーを渡してくる。

「これは？」

「今までに配った、お祭りのお知らせやチラシの原本だ。バインダーの中に帳簿も挟まっているよ」

「はあ。どうして私にこんなものを……？」

「どうしてって。来期の商工会会長はがらく屋だよ。そろそろ引き継ぎの季節だから、先に渡しておこうと思ったんだ。近く、商工会議が行われるから、その日が正式な引き継ぎ日となる。よろしくね！」

ニコッと爽やかな笑顔を見せて、保月が去っていった。

「え……？」

さらりと、初夏の風が神楽の頬を撫でていく。

「待ってよ。もうそんな時期なの？　まだ五月じゃない！」

「さっさと面倒事を押しつけたい。本音はそんなところだろうな」

「いやいや、来年いきなりなんて無理ですよ！　なんで新参者の私が次の会長なんですか！」

「そういえば、商工会会長はローテーション制って言ってたな。ちょうどそうだったんじゃないか」

千景はさすがに同情しているのか「ご愁傷様《しゅうしょう》」と言った。

「め、めんどくさい……。やりたくない……。信じられない……！」

ありったけの不満を口にして、神楽は呆然と分厚いバインダーを見つめる。そんな神楽の足元に移動したヴィッキーは、元気づけるように「わんっ」と鳴いた。……もしかしたら、ただ単におやつが欲しかっただけかもしれないが。


さて、『えにし大感謝祭』当日――。

えにし商店街の大通りにはたくさんのパイプテントや、祭りらしさを存分に引き立てる露店が並んでいた。

客入りもそこそこよいようだ。家族連れや、近所の子供たち、老若男女様々な人たちがそれぞれ祭りを楽しんでいる。

「いらっしゃいませ！　がらく屋にようこそ～。そこのあなた、射的はいかがですか？

無料ですよ〜！」

　神楽が笑顔で客引きをする。大阪で長く客商売をしていただけあって、こういう時に愛想を振りまくのは得意である。

「しゃてきってなあに？」

　神楽に声をかけられた子供が親に訊ねる。

「あそこに並んでるお菓子に鉄砲の玉を当てると、それがもらえるんだよ」

「わあ、やりたい！」

「そうね、無料みたいだし」

「はい、こちらにどうぞ。三回まで撃てますからね」

　客引き成功だ。あとは射的担当の千景に任せて、神楽はいそいそとチラシの用意をする。

　子供が射的に夢中になっている間が、神楽の営業タイムである。

「こちらをどうぞ。がらく屋は、ただいま買い取りキャンペーンを行っています。お気軽にお越しくださいね」

　渡したのはがらく屋のチラシを挟んだティッシュである。定番の宣伝方法だが、お祭りに参加していると、割とティッシュの出番が多いのである。特に家族連れは使いどころが大変多い。案の定、子供の親は素直にチラシつきのティッシュを受け取ってくれた。

　これが神楽の考えた『射的で子供を釣って親を質屋の新規客にしよう作戦』である。

　勿論、客引きのターゲットは子供ばかりではない。射的場の隣にはテントを立てて『出張買取コーナー』を開いている。査定のみの相談もOKというスタイルだ。すでに商工会会長にお願いして、このあたり一帯にチラシは配ってある。

『大感謝祭にて高額査定致します！　あなたの家にお宝が眠っているかも!?　買い取りも質入れも相談に応じます。あなたの掘り出し物を見せてください』

そんな謳い文句をでかでか載せたチラシ。果たして効果はあるのだろうかとドキドキしていたが、時々客が訪れてくれるので、チラシを配った意味はあったのだろう。

(絶対にこのチャンスをモノにして新規客を獲得してやる～！)

営業魂が燃えたぎる神楽に、射的の相手を終えた千景が呆れ顔でやってきた。

「神楽がやる気に満ちていると、逆に心配になってくるな。……何かやらかしそうで」

「どういう意味ですかっ！　そうだ千景さん。この広告入りティッシュ、入り口で配ってきてくださいよ」

「なんで俺が？　出張買取屋に客は来てないんだから、神楽が行ったらいいだろう。俺は射的のたびに子供の相手をしているから、疲れているんだ」

はあ、と千景がため息をつく。どうも彼は、子供の相手が不得意なようだ。

「じゃあ、ちょっと休憩したら呼び込み手伝ってくださいよ」

「だから、そういうの苦手なんだ」

「むぅ、バイトが役に立たない！」

千景は愛想笑いもできないし、チラシを配るのも苦手だ。本当に営業に向いていない性格らしい。それでも神楽に付き合って手伝いをしているのは、自分が雇われているという自覚が一応あるからだろう。

（ま、いいか。最初から必死にやっても仕方ないよね。営業活動はコツコツやるものだし）

もしかしたらひとりも客が来ないかもしれないと恐れていたが、ぱらぱらと客も来ている。初めての営業活動にしては上々だろう。

「すみません、査定をお願いしたいんですけど……」

「はい、いらっしゃいませ～！」

神楽はシュバッと出張買取コーナーに移動し、客に席を勧めた。

ちなみに、客層は高齢者や若い主婦が多い。

持ち込まれるのは主に、ブランド品や装飾品。着物を持ってきた人もいる。

「はい。こちらのバッグは大変状態がよろしいですね。人気ブランドのものですし……査定額はこれくらいでいかがでしょう？」

「う～ん……まあまあねえ。どうしようかしら……」

「大切になさっているバッグのようですね。お悩みでしたら、質に入れてみるのはいかがですか？　その場合、査定額はこれくらいになりますが、いつでも買い戻しできますよ」

にこやかに話をしながら、質入れをわかりやすく説明したチラシを渡す。それを興味深そうに眺めた中年の女性客は「なるほど」と呟いた。

「質ねえ。あまり馴染みがなかったけど……」

「質料はお安くしますよ。手持ち品の整理をしたい時などに、是非選択肢のひとつとして入れてください」

神楽の全力スマイルに少しは心が動かされたのだろうか。女性客は少し乗り気になったようだ。後日改めてがらく屋を訪れる約束をして去っていった。

「よーし！　この調子でどんどん宣伝していくよ。新・がらく屋のスタートは今日始まったのだー！」

神楽がガッツポーズをして、千景が呆れてため息をつく。

その時、「神楽さん」と声をかけられた。振り向くと、そこには商工会会長の保月と、着物姿の見知らぬ壮年男性が立っていた。

「保月さん、こんにちは」

「客入りは上々のようだね。よかった」

にこやかに挨拶する保月に、神楽は頭を下げた。

「今回はいろいろと協力してくださってありがとうございました」

「ハハハ、これくらいどうってことないよ。射的もなかなか盛り上がっているようだね。僕も誘ってよかったたって思っていたんだよ」

保月が機嫌よく笑う。

「ところで、隣の方は……？」

神楽が首を傾げると、保月が「ああ」と言って、隣の男性に目を向ける。

「真城《ましろ》さんといってね。がらく屋の前店主、桃李さんとお知り合いだそうだ。今は孫の神楽さんが継いだよって話をしたら、会ってみたいと言うのでね。お連れしたんだ」

真城と呼ばれた男性が一歩前に出て、にっこりと上品に微笑む。

「いきなりお邪魔してすまなかったね。私は真城虎雄《とらお》と言う。君と同じく、質屋を営む店主なんだ。桃李さんとはセリ市でよくお会いしていてね。訃報の連絡は来ていたけど、残念だったよ。惜しい方を亡くしたと思っている」

「……ありがとうございます」

紺色の着物と、市紅茶《しこうちゃ》色の羽織がよく似合う。白髪交じりの髪を後ろになでつけた真城は、物腰柔らかで、人の好さそうな笑みを浮かべているが、妙に鋭い目つきをしている。

神楽は礼を口にして、自分も自己紹介をした。

「私は九条神楽です。今年の冬に、がらく屋を継ぎました」

「うん。がらく屋に後継者がいるという話は噂《うわさ》で聞いていたけど、なるほどね……ふぅん」

ニコニコしながらも、露骨に値踏みするような視線を向けられ、神楽は内心ムッとした。

（この人も、私のことを単なる小娘だって思ってるのかしら）

先日、唯の伯父から小娘と罵倒されたせいだろうか、少々疑り深くなってしまった。

（誰だって『初めて』の時があるはずなのに。そんなに、二十やそこらの小娘がお店を経営するのが悪いことなの？）

確かに手探りだけど、先行きも不安だけど。チャレンジするというのは悪いことではないと神楽は思っている。

「ところで神楽ちゃん。この宝石なんだけど、どう見る？」

唐突に、真城が羽織のたもとから青っぽい宝石を取り出した。

「ルーペで確認してもいいですか？」

「もちろん。所感でいいから、教えてほしいな」

笑顔を絶やさぬ男に、神楽は訝しげに眉をひそめた。

（あからさまに私の技量を測っているみたいだけど。何が目的なの？）

どうしてこんな見ず知らずの男に評価されなければならないんだと嫌な気分になったが、真城は祖父の知り合いらしいから無碍《むげ》にもできない。

神楽は布の手袋を嵌めると宝石を受け取り、ルーペでつぶさに観察した。

「六カラットの非加熱、天然サファイアです。内包物がありましたから、間違いないと思います。クオリティスケールはおそらくBの5。ジェム・クオリティとまではいかないでしょうが、ジュエリー・クオリティとしては充分に価値があると思われます」

「ふむふむ。内包物はどんなものだったのかな？」

「針が交差したシルクが見られました。内包物は基本的に宝石の価値を下げるものですが、シルクなら、むしろ価値が上がるでしょうね」

「そうだね。シルクはコランダムにスター効果が生まれて、きらびやかに輝く宝石になる。なかなか勉強熱心なようだねえ、感心感心」

真城は腕を組み、何やら満足顔だ。完全に子供扱いされていると感じて、神楽は内心ため息をつく。

「ところで神楽ちゃん。宝石の鑑定知識はどこで得たのかな？」

質問は続く。神楽はまた訝しげに真城を見上げつつも、正直に答えた。

「……昔は、祖父から実物を見せてもらったり、がらく屋にあった図鑑を読んだりして覚えました。あとは、大阪の買取専門ショップで仕事をしていた時に天然サファイアを鑑定する機会もありまして、先輩から色々教えてもらいましたね」

「ああ、がらく屋を継ぐ前も鑑定の仕事をしていたのか。いいねえ、目を鍛えるのは現場の経験が一番だよ。それに、君は一級品と出合える運も持ち合わせているようだ。将来が楽しみだね」

まるで我が子の成長を見守る親のように、微笑ましげな目を向ける真城。

「一級品……ですか？」

神楽は首を傾げた。

「ああ、出合いの運は努力だけで何とかできるようなものではない。けれども、鑑定士として成功するためにはたくさんの『本物』を目にする機会がなくてはならないんだ。『彼』が君の相棒ならば、素晴らしい作品を目にすることも多いのだろう？　羨ましい限りだよ」

真城はそう言いながら、神楽の隣に立つ千景を見た。

「え……？」

思わず神楽も千景を見上げる。

「千景さん、有名人なんですか？」

「…………」

あからさまに、千景は不機嫌な顔をした。知られたくないことを知られてしまったという様子だ。

「何だ、知らないのかい？　チヒロといえば、コレクターの間で有名な画家だよ。確か一年くらい前に、桃李さんがセリ市にチヒロの絵画を持ってきたことがあってね。あの時もちょっとした騒ぎになったんだよ。何せ絵を描くのをやめたと言われていたチヒロが新作を出したんだからね」

神楽は目を丸くした。

千景が画家だったという驚きもあるけれど、それ以上に――。

（一年前。肖像画って……！）

思わず千景の服の袖を引っ張る。

「それってもしかして、千景さんが質に入れていた絵画じゃ……!?」

「あ、ああ。一年前なら、そうなんだろうな」

千景もさすがに驚いているようだ。戸惑いの表情を浮かべている。

「……思えばあれが、桃李さんに会えた最後の日だったんだなあ」

しみじみと話す真城に、神楽は慌てて詰め寄った。

「真城さん、その絵画は今どこにあるんですか!?」

真城はびっくりして両手を上げる。

「え、え？　なんだい？　絵画がどうかしたのか？」

「……お願いします。行方を教えてくれませんか」

千景がいつになく真面目な顔をして頭を下げた。

「『チヒロ』が描いた肖像画がどんな意味を持つのか。真城さんならおわかりになるはず。俺が取り戻したいと思っている理由も、察しがつくのではないですか？」

千景がジッと真城を見つめた。

そんな彼の姿に疑問を覚えて、神楽は眉をひそめる。

（どういうこと？　千景さんの絵に何かあるのかな）

真城は真面目な顔をした。そして、少し微笑んで、視線を下げる。

「……そうか、君は決して『悪い魔法使い』ではなかったんだね」

ぽつりと呟く。

『悪い魔法使い』。その言い方には覚えがあった。そう、最初――神楽が千景と出会った時、彼は言ったのだ。副業は『魔法使い』だと。

「わかった。残念ながら、行方を知っているわけではないのだが、私のほうで調べてみよう。少し時間をもらうかもしれないが、待ってもらえるかな」

「あ、はい！　ありがとうございます」

神楽が頭を下げると、真城は羽織のふところから名刺入れを取り出した。

「連絡先を教えておこう。神楽ちゃんも、質屋の経営で悩みがあるのなら相談に乗るよ。桃李さんのよしみでね」

「何から何まですみません。本当に助かります」

神楽は真城と名刺交換をした。

「そうだ、千景くん。公司さんとは連絡しているのかい？」

思い出したように尋ねた真城に、千景の表情がさっと曇る。

「……いえ」

「そうか。彼なら絵画の行方を知っていそうだが」

「…………」

千景が黙り込む。

(公司って、源川公司……あの名刺の人、だよね)

かねてより気になっていた人物だ。でも、どうして千景はこんなにも辛そうな顔をしているのだろう。

「彼にも聞いてみたらどうだ？」

「そうですね。連絡先を忘れてしまったので、思い出したら……聞いてみます」

千景は目を伏せて答えた。

（今、千景さん……嘘をついた）

神楽は密かに驚く。彼は『源川公司』の連絡先を知っているはずだ。だって彼の段ボールに名刺が入っていたのだから。

（どうして嘘をつくの？　……連絡したくない理由があるのかな）

すぐにでも聞きたい気持ちに駆られたが、すぐに答えてもらえるような雰囲気じゃない。神楽は黙って俯く。

「それじゃあまたね」

「……よろしくお願いします」

千景が頭を下げると、真城はにっこり笑って保月と祭りの騒ぎに紛れていった。

「その、やっと手がかりが見つかりましたね」

真城の名刺を手帳に挟みながら言うと、千景は「そうだな」と静かな声で同意した。それは喜んでいるのかそれとも違うのか。無表情な顔からは、感情が読み取れなかった。

「千景さん」

神楽が声をかける。彼はゆっくりと振り向く。

「……えっと、画家だったんですね。チヒロ、っていう名前の」

真城曰く、コレクターの間では有名だとか、気になることも言っていた。

「千景さんが、副業は『魔法使い』って言ってたのは、魔法みたいにすごい絵を描くからって意味なんですか？」

そう尋ねると、千景は俯いた。まるで今にも泣きそうな雰囲気なので、神楽は内心、まずいことを聞いちゃったかなと慌てる。

「すまない」

千景は目を伏せた。切なく眉間に皺を寄せ、唇を引き締める。

(ち、千景さんが……謝った⁉)

神楽はびっくりして目を丸くした。何となく、彼は何があっても謝らないと思っていたからだ。

「神楽にはちゃんと話すべきだとわかっている。だが、真城さんが絵画を見つけるまで待ってほしいんだ。その時に、必ず話すから」

どうしてそこまで頑《かたく》なに話したがらないのだろう。

神楽はもう少し突っ込んで話を聞いてみたくなった。源川公司のことだって、まだ何も尋ねていない。

(……もう、そんな顔、しないでよ)

千景は、今までに見たことがないほど、悲痛な表情を浮かべている。まるで自分が罪を犯したかのように、辛そうで、悲しそうで、言葉をかけることができない。

一体、千景の質草にはどんな秘密が隠されているのだろう——。

(本人が話すって言ってるのなら、待ったほうがいいよね)

しばらく真城に任せてみよう。時間はかかっても、連絡を待つほうがいいはずだ。

「わかりました」

神楽が頷くと、千景はようやく顔を上げた。

「悪いな。気を遣わせて」

「別にいいですよ。もったいぶってるなあとは思ってますけど」

「そんなつもりはないんだが」

神楽が軽口を叩くと、ようやく千景が微笑む。その表情に、神楽は内心ホッとした。

その時「すみません」と客が声をかけてきた。神楽は慌ててカウンターのほうに身体を向ける。

「はい！　買い取りのご相談でしょうか？」

「ええ。……あ、でも、今……じゃないんですけど」

やけにオドオドした様子の客だ。年齢は神楽と同じくらいだろうか。ひょろっとした細身の男性で、肩掛けカバンのベルトを両手で握り、窺《うかが》うようにこちらを見ている。

「出張買取を……お願いしたいんです。ある家を解体する予定なのですが、家具を処分する前に、価値がありそうなものを探してほしいんです。僕では……ものの価値がわからないので」

困ったような表情を浮かべつつ、神楽とはあまり目を合わせないようにして話している。何とも挙動不審な様子なので神楽は密かに眉をひそめた。しかしすぐに笑顔になって「承知いたしました」と頷いた。

そして出張買取サービスについての詳細を説明し、手早く予定日を決める。

「……では、明日の午前十時、現地での待ち合わせとのことで、よろしくお願いいたします」

「はい、こちらこそ。……それでは、今日はこれで」

男はぺこりと頭を下げ、トボトボと元気のない足取りで帰っていく。

「うーむ」

神楽は客の後ろ姿を眺めつつ、小さく唸った。

「何だ。今の客からは金の匂いがしなかったのか」

「人を金の亡者みたいに言わないでくださいよ」

むう、と神楽が不満げな表情になる。だが、どうやら千景の調子は戻ってきたようだ。

少し安堵《あんど》して、神楽は彼に顔を向けた。

「昔、大阪の買取専門ショップで働いていたころ、さっきの人みたいなお客さんがたびたび来店したことがあったんです」

はあ、とため息をついて、明日の打ち合わせをメモした手帳を見つめる。

「……そういうお客さんから査定を依頼された品物は、決まって『身内の遺品』でした。それも、普通ではない亡くなり方をした人ばかりだったんです」

「普通ではない亡くなり方……？」

千景が首を傾げた。

「つまり、孤独死……です」

神楽は渋面を浮かべた。


次の日の午前十時。

とある駅から徒歩で二十分ほどのところに、件《くだん》の家があった。

「今日は来てくれてありがとうございます。改めて、僕の名前は広瀬一樹《ひろせかずき》です。よろしくお願いします」

「ご丁寧にありがとうございます。できる限りお力になれるよう努力します」

神楽と広瀬は名刺交換をする。どうやら広瀬は、普段は建築業の仕事をしているようだ。

「僕ひとりではどうにもできなかったので、出張買取を引き受けてくださって、本当に助かりました」

広瀬は心からホッとした様子で、ポケットから鍵を取り出す。

「どうにもできなかった……？」

神楽に同行した千景が訝しげな顔をするも、広瀬は黙って解錠し、玄関扉をゆっくり開けた。

その瞬間――。

「ふぐっ」

恐ろしく饐《す》えた臭いが漂ってきて、神楽は思わず手で鼻を覆う。

玄関の中は、壊れた家具やゴミ袋が積んであって、まるでバリケードのようになっていた。

「こ、これは、いわゆるアレか。ゴミ屋敷、というヤツか？」

千景もたまらないような声を出した。指で鼻をつまんでいる。

「すみません。まだ本格的に清掃されていないんです。このままでは中に入れないので、とりあえずゴミ袋を玄関の外に置きましょう」

三人で協力して、ゴミ袋を玄関から引っ張り出した。

「……あの、ひとつ確認したいのですが、もしかして、この家を解体する理由って……」

「昨日は、黙っていてすみません。実はこの家で、人が亡くなったのです。それも、孤独死という形で……」

申し訳なさそうに広瀬が言った。

(やっぱりかあ……)

神楽はガクッと肩を下げる。

「昨日言わなかったのは、仕事を断られると思ったからか？」

千景が顔をしかめながら尋ねた。

「はい。いくつかの買取専門店を訪ねましたが、全部断られましたので」

「そりゃそうですよ。普通はこういうところの遺品整理って、清掃業者が請け負うものですから」

いつまでも臭いにひるんでいては仕事が始まらない。神楽は覚悟を決めて、鼻をつまむのをやめた。

「広瀬さん、事情を話して頂けませんか。どうして清掃業者に頼まないんですか？　……まさかとは思いますが、窃盗の手伝いをさせるつもりじゃ……ないですよね？」

神楽が疑うような目で広瀬を見ると、彼は慌てて「違います！」と手を横に振った。

「そうですよね。ここまで来てくれたんですから、お話しするべきですよね」

はあとため息をついて、広瀬がぽつぽつと話し出す。

「実は、ここで孤独死した人は……僕の、高校時代の先生だったんです」

神楽と千景は思わず顔を見合わせる。広瀬は孤独死した人の身内ではなく、他人だったのか。

「その頃、僕は荒れていて……いわゆる不良ってやつでした。高校はサボってばかりで、たまに登校しても授業を受けることもなく、ふざけたり、授業の邪魔をしたり……ろくでもない生徒でした」

今の広瀬からは想像もつかない。髪型も普通だし、服装だって地味だ。まるで別人の過去を聞いているようである。

「先生の誰もが僕にさじを投げる中、この家に住んでいた先生……本間《ほんま》先生だけは、僕を心配して……何かと話をしてくれました。最初はうざったいと思っていたんですが、段々、先生の熱心な姿に絆《ほだ》されるようになって……」

広瀬はその頃を思い出したように、懐かしそうな顔をしてゴミ屋敷と化した家を見上げた。

「僕は立ち直ることができました。そもそも荒れていたのは、僕の家庭に問題があったからなんです。先生は、家の事情に振り回されて自分の人生を棒に振るのは損だぞって言ってくれて。確かにそうだなって思ったら、他人に反抗するのが馬鹿らしくなったんです。あんな親に僕の人生を台無しにされてたまるかーって」

「なるほど。わかる気がします」

神楽はうんうんと頷いた。隣では千景が「まったくだな」と同意している。

「僕にとって先生は恩人でした。先生がいなかったら、僕の人生は今と全然違うものに……しかも、悪いものになっていたでしょうから」

でも、と広瀬は呟いて俯く。

「恩人の先生は死んでしまいました。先生は結婚していなくて、この家でひとり暮らししていたから、誰も先生が死んだことに気付かなくて……。先生が発見された時、だいぶ遺体の損傷が激しかったようです」

知らず、神楽の表情が険しいものに変わる。広瀬は慌てて「大丈夫ですよ！」と付け足した。

「その、遺体……とか、あと生ゴミとか、そういう臭いの原因は、すでに片付けられています。といっても、染みついた臭いはまだ消えてないんですけど」

「ええ。家についた臭いってなかなか取れませんからね」

饐えた臭いにはだいぶ鼻が慣れてきた。それでも気分が悪いことに変わりはない。

「先生のご両親は高齢で、ご自分のことで手一杯なんだそうです。だから清掃業者に頼んで全部処分してもらうと言ってました。だけど僕は少しだけ猶予が欲しいと、ご両親にお願いしたんです。……せめてひとつでも、先生の遺品を遺したくて……」

はあ、と小さくため息をついて、広瀬は肩を落とした。

「何もかも処分されるのはさすがにかわいそうだと思ったんです。そうしたら、一日だけなら家の中を見てもいいと許可を頂いたので、こうやって九条さんにお願いしたんです」

「それって、あの祭りでたまたま見かけたからだよな？」

千景が尋ねる。広瀬は「はい」と頷いた。

「さっきも言いましたが、いくつも買取専門店に依頼してすべて断られていました。だからダメ元というか……てっきり九条さんにも断られるだろうって思っていました。だから、請け負ってもらえて本当に嬉しかったです！」

心底安堵したような笑顔を見せる広瀬に、神楽はハハッと笑う。

（こんなに生々しい現場だとわかっていたら、断ってたけどね……）

まさに後悔先に立たずである。

「しかし今、こうやって事情を聞かされて、それでも逃げ出さない神楽は極度のお人好しか、ものすごい金の亡者か、どっちかだろうな」

「どっちも違います！　だいたい金の亡者っていうけど、正直言ってこの家に価値のあるお宝があるとは思えません」

教師がどれほど稼いでいるかはよく知らないが、せいぜい普通の会社員くらいのレベルだろう。それに、一度でも清掃業者が入っているのなら、その時点で価値のあるものは報告されているはずだ。そうでなければ、広瀬が家捜しすることを、本間の両親が許すとは思えない。

「それでも、見捨てるわけにはいかないじゃないですか。……事情、聞いちゃったんなら、尚更です」

「やっぱり神楽は極度のお人好しなんだな」

「煩いです」

ツンとソッポを向いた神楽は、覚悟を決めてポケットから軍手を取り出した。

「とにかく、来たからには仕事をしましょう。広瀬さんのオーダーは、このゴミ屋敷から価値のある遺品を探し出してほしい、ということですよね！」

「はい！」

軍手を嵌めて、腕まくり。汚れてもいいようにエプロンを着て、長靴を履いた。準備万端の格好である。

臭いがすごくて今にも吐きそうだが気合いで我慢し、神楽は一歩前に出た。

「さあ入りますよ。絶対に金目のものを見つけてやります！」

「言い方が強盗そのものだな」

「うるさーい！」

喚きながら、神楽は家の中に入った。廊下もゴミ袋でいっぱいだ。神楽はかきわけるように前へ進み、突き当たりにある部屋に入った。

「神楽は煩いけど、客に文句を言わないところは素直に感心するよ」

そんなことを言いながら、千景が後ろからついてきた。

「ここは……リビングでしょうか」

部屋の入り口できょろきょろ周囲を見回す。カーテンが閉めきられているので、あたりは薄暗い。照明スイッチを押してみたが、電気は通っていないのか、カチカチと音がするだけで明かりはつかなかった。

「さすがに懐中電灯でちまちま探すのは大変ですね。カーテンを開けましょう」

「手伝おう」

千景に手助けしてもらって、カーテンを開ける。すると、太陽の光に照らされてリビングの様相が露わになった。

「……うわあ」

「見事なまでのゴミ屋敷だな」

神楽と千景はげんなりとする。

足の踏み場がないほど、床には衣服らしきものが散らばっている。壁側にはゴミ袋が列になっていた。棚やソファといった家具もあったが、その上には段ボールやコンビニの袋が山積みになっている。

生ゴミの臭いはあまりしない。蠅《はえ》も飛んでいない。臭いは鼻が麻痺しているせいかもしれないが、先に清掃業者が入ったということなので、最低限の清掃はされたのだろう。

「こう言ってはなんだけど、本当に教師だったの？　って疑問に思うくらいのゴミ屋敷ですね」

突っ立っていても仕方がない。神楽はゴミ袋を避けながら、箪笥の引き出しを開けたり、戸棚を開いたりして遺品を探し始めた。

「気のせいかもしれないが、妙に手慣れていないか？」

手際よく物色を始めた神楽を見て、千景が辟易した様子で尋ねる。

「ああ、前の会社で、よく似たような現場に行ってたんです。さすがにここまでのゴミ屋敷は初めてですが」

亡くなった人の家から、価値のあるものを探してほしい。

事情があって、遠方に住んでいる家族からそういう依頼を受けることは時々あった。その場合、大体は高齢者の家の中を探すことになるのだが。

「家によって特徴があるんですよ。住んでいた人のクセがわかると、大事なものをどこに置いているのか予想がつくんです。この家の場合だと、床やテーブルの上は散らかってますが、箪笥と棚の周りだけは比較的ゴミ袋が少ない。つまり、このあたりでひととおりの身支度をしていた、と考えられます」

　案の定、引き出しの中には小銭入れや定期入れが見つかった。出かける時に必要なものをここに入れていたということだ。

「……がらく屋が潰れたら、そのまま泥棒になれそうだな」

「聞き捨てならないことを言わないでくれますー!?」

　戸棚の中をごそごそ探しながら、神楽は怒りの声を上げた。

「本間さんは教師で、しかも広瀬さんの話によると面倒見がよくていい先生だった。こういう、仕事ではしっかりしてるけどプライベートはだらしないって人は、外出する時に身に着けるものを一カ所にまとめることが多いんです」

　そう言いながら、神楽は戸棚からバッグやビジネススーツ、腕時計を取り出した。そして床を片付けてから、それらを丁寧に置いていく。

　手際よく、価値がありそうなものを並べていく神楽を見て、千景が心底感心したように腕組みした。

「本当に、神楽には泥棒の素質があるようだ」

「しみじみ言わないで……」

　仕事なのだから仕方ないだろうと、神楽は千景を睨み付ける。しかしすぐに困った顔をして、ため息をついた。

「でも残念な話ですが、これらに金銭的な価値はありません。腕時計はホームセンターでも買えそうな安物ですし、カバンもよくある量販店のもの。ビジネスーツは状態がいいので割と高く売れそうですが、こういう場所で見つかる布製品って、絶望的に買取価格が下がるんですよ。……臭いが付くから」

神楽の言葉に、千景がぽんと手の平を拳で打つ。

「それ、鑑定士かぐらんも言っていたぞ。臭いは意外と目立つって」

「う、うん。ま、まあ、そういうことです」

そういえばちょっと前の配信でそういう話をした気がする。神楽はぎこちなく頷いた。

「じゃあ、形見になりそうな遺品はないってことですか？」

広瀬が悲しそうに言った。神楽は「う〜ん」と呟き、箪笥の引き出しを開ける。

「強いて言えば、ですけど。このネクタイピンだけは他の物品と比べて価値が高いです」

定期入れの横に仕舞われていた、銀色のネクタイピンを取り出した。

「む……？」

千景が訝しげな顔になった。

「これは恐らく、宝飾店で購入したんでしょうね。小さいけど、さりげなく宝石が嵌められていて、デザインも上品で万人受けしそうです。でも細かいキズがかなりついているので、買い取り価格は下がってしまいますが」

「ネクタイピン……か」

広瀬に渡すと、彼は両手で受け取ってまじまじと見つめた。

「ちなみに広瀬さん、もし価値のあるものが見つかったとして、それをどうするつもりだったんですか？」

「まずは先生のご両親にお見せします。そして許可を頂けたら、形見として取っておこうと思っています」

なるほど、と神楽は頷く。

「じゃあ、これにしますか？」

「ええ。一番形見っぽいですし、このネクタイピンにします」

広瀬がネクタイピンを大事そうに握りしめた。しかしその時、千景が言いにくそうな雰囲気で口を出す。

「個人的に、そのネクタイピンはお勧めできない」

「え？」

神楽と広瀬は同時に千景を見た。彼は厳《いか》めしい表情で、ネクタイピンを見つめている。

「神楽が引き出しからネクタイピンを取り出した途端、あたりの空気が変わった。たぶん『本間先生』にとってそのネクタイピンは思い入れが強いものなんだろう。……だから」

千景が視線を下げて、黙り込む。

思わずゾワッと背筋を凍らせた神楽はおずおずと尋ねた。

「だ、だから、何なんですか。変にもったいぶらないで早く言ってくださいよ」

「そんなつもりはないんだが、彼がついてくる可能性がある」

——ついて、くる。

「ま、またあ！　そうやって私を怖がらせようとして。広瀬さんもいるのに、そういう冗談言うのはやめてくださいよ！」

千景が小さくため息をついた。

「神楽はいいな。見えないから気楽でいられる。曰くつきの『呪われた品物』があったとしたら、神楽のような鈍感が所有するべきなんだろうな。きっと、呪いにかかっても平然としていることだろう」

「そうやってさりげなく人をディスるの、本当によくないと思いますよ」

お気楽だの鈍感だの、千景は言いたい放題である。

神楽は慌てて広瀬に顔を向けた。

「すみません、広瀬さん。この人の言うことは気にしないでください。いつもこういう冗談を言って、私を怖がらせるんですよ」

軽く笑って場を和ませる。しかし広瀬は青ざめた表情のまま、ジッと千景を見つめていた。

「まさか……ですけど、もしかして……すでに『いる』んですか？」

やけに真剣な目をして尋ねる。

それは怖い物見たさとか興味本位で聞いているのではないと、神楽にもわかった。

千景は言うか言うまいか、少し悩んだ様子を見せたが、やがてまっすぐに広瀬を見る。

「ああ、『いる』。神楽がネクタイピンを取り出した時に現れて、ずっと俺たちを見ている」

「や、やめてくださいます⁉」

神楽は思わず、ネクタイピンに触れた手でパッパッと服を払った。

だが広瀬は逆に、手に持っていたネクタイピンをぎゅっと握りしめる。そしてうなだれると、がくりと両膝をついた。

「ごめんなさい……。ごめんなさい、先生。僕がもっと早く見つけてあげられたらよかったのに……！」

ネクタイピンを握った手の上に、もう片方の手を乗せる。身体は小刻みに震えて、泣いているようだった。

「見つけてあげられたら……って、どういうことですか……？」

神楽がおそるおそる尋ねた。広瀬は少し顔を上げ、まるで懺悔するように悔恨を口にした。

「僕は、先生のおかげで立ち直ることができて、卒業後には就職して、やがて結婚もできました。先生とのやりとりは年一回の年賀状だけでしたが、その時に近況を伝え伺うことで、僕は満足していました。……先生との繋がりは保てていると、安心していたんです」

それは、どこか神楽と似通っていた。

(私とおじいさんの関係と、同じだ……)

連絡しているから大丈夫。お互いに元気にしているから大丈夫。勝手にそう思い込んで、日々の忙しさを理由に会うことをしなかった。

「今年の年賀状に、先生の心の具合が悪くなり、教師を辞めて静養している……と書いてありました。心配だったからお見舞いに行こうかなって思ったけど、僕は丁度その頃、結婚式の準備が忙しくて……結局、先生の家に行けたのは六月に入ってからでした」

六月。つまり先月ということだ。年賀状のやりとりがあったあとの半年、本間の身に何が起こったのか。

……この家で起きたことは、想像に難くない。

「先生に、お見舞いに行くと連絡しようとしたけれど、電話は繋がらないし、手紙の返事も来ない。仕方ないから、年賀状の差出人の住所を頼りに、先生に会いに行きました。……そうして、このゴミ屋敷を見つけたんです」

「それは、その……ショックでしたよね。お世話になった先生の家がこんな……感じだったら」

神楽が気を遣うように言うと、広瀬は「そうですね」と苦笑した。

「でも、僕が見たのはそれだけじゃなかったんです」

広瀬はまず、当時のことを思い出しながら、ぽつぽつと話す。

「インターフォンを押した。しかし返答がない。仕方なしに玄関扉を摑んでみたら、施錠がされていなかった。

好奇心か、それとも何かを心配してか。

広瀬はゴミ袋で埋もれた廊下へと足を運んだ。そして突き当たりのリビングに入った。

「……部屋の角に、黒い塊がありました。明らかにゴミ袋と違っていて、さ、最初は、黒い服が積まれているのかなって思いました。でもそれは」

かつて、人であったもの、だった。

床に染みた黒い汁。それまで嗅いだことのないほどの悪臭。すでに腐り果て、蝿がたかって衣服のように見えていた。

「思わずその場で嘔吐《おうと》してしまった。……実は、そこからの記憶は曖昧なんです。何とか警察を呼んだのは覚えているんですが」

広瀬がたどたどしい口ぶりで話し続ける。

混乱する中で事情聴取を受けて、本間の両親の代理人として弁護士がやってきたこと。彼の親はすでに高齢で施設に入っており、簡単に外出することができなかったこと。

そして本間の死因は自殺で、死後半年経っていたということ……。

「僕は、日を改めて母校に行きました。そこでやっと、僕は本間先生が置かれていた状況を知ったんです」

広瀬はぎゅっと強くネクタイピンを握りしめる。

――本間は、広瀬が卒業したあとも、熱心に生徒を導いていた。生徒からも他の教師からも、信頼が厚かった。

でも、年を追うごとに段々と変わっていったものがある。

それは、保護者の質だった。

些細《ささい》なことでも電話で文句を言われることが増え、その弁解に時間が削られていった。真面目で面倒見のよい性格が災いしたのだろう。他の先生が口を揃えて『あの保護者は放っておいたほうがいい』とさじを投げるような人相手でも、辛抱強く話し合いを続けた。

そんな中でも、生徒のためにと授業研究に時間を費やしたり、生徒の相談事にも熱心に取り組んだりして、本間は決して教育に手を抜かなかった。

それは教師として素晴らしいことなのかもしれないが、おそらく彼の私生活はどんどんなおざりになっていったのだろう。

本間が教師を辞める間際、彼の出勤時間は過労ラインを余裕で超えていた。

心を煩っても誰にも頼らず、弱音も吐かず。

そうして彼は自殺という道を選んでしまった。

遺書らしきものはひとつとして見つからなかった。

「学校側は、本間先生の件は公にしないでほしいと僕に頼んできました」

はあ、とため息をつく。

過剰な労働時間と重責によって教師が不幸なことになってしまう事件は、たびたびニュースで報じられている。

最近はようやく少しずつではあるが、教師の働き方を改善しようとする動きが見られているが、まだまだ足りないのが現状だ。本間の自殺が明るみに出れば、学校はたちまち非難の矢面に立たされてしまうだろう。

「僕は他言しないことを約束して、母校を後にしました。先生の不幸は僕だけの胸に仕舞おうと決めたんです。……でも、それは僕自身が考えていたよりもずっと辛くて、苦しいことだった」

広瀬がゆっくりと手を開く。窓から差し込む光にネクタイピンが反射して、鈍い光を放った。

「あんなにもお世話になった先生だったのに、学校の先生たちは皆、腫れものに触るような扱いで、早く忘れたがっているようでした。先生のご両親も、早くこの家を壊して、先生の痕跡を消したがっていました。……そんなの、あんまりじゃないですか。僕だけは忘れたくない。すべての人が先生を忘れても、僕だけは覚えていたい。……だから遺品をひとつ、欲しいと思ったんです」

それも、何でもいいというわけではない。唯一の価値を持つような、ある意味財産とも言えるようなものでないといけなかった。

（たぶんだけど、広瀬さんは本間さんの人生に価値があったことを証明したくて、私に遺品探しを依頼したのかもしれない）

自信はないけど、と、神楽は思う。本間が不幸で無価値な人間だったと物語るようなものでは嫌だったのだ。彼との思い出を、悲しいだけの過去にしたくなかったから。少しでも前向きな気持ちになれるような価値のあるものを、形見として傍に置きたかったから。

「僕は気付いてあげられなかった。あんなにも恩を感じていたのに、年賀状のやりとりだけで満足して、何もしなかった。結局は自分の生活のほうが大事で、先生みたいに……他人のために全力を出し切ることさえできなかった」

力を失った手から、ぽろりとネクタイピンが床に落ちる。

「変われたと思っていたけれど。僕は、何も変わっていなかったんだ……」

自分を責め続ける広瀬に、神楽の心は痛く軋《きし》んだ。

だって同じだからだ。

自分も祖父に対して同じことを思った。彼の死を前にして、何もしなかった自分を責めた。大切な人のために時間を割く——そんな当たり前のこともできなくて、なんて自分勝手な人間だろうと、己の偽善者ぶりが嫌になった。

「広瀬さん……」

彼の名を呼んだものの、かける言葉が思いつかなくて、神楽はそのまま唇を噛んで黙り込む。

その時、千景がふいにリビングの角に目を向けた。

「——動いた」

「えっ？」

神楽が振り向くと、千景はリビングの角から広瀬へと、ゆっくり視線を動かす。

「ふたりとも見えないようだが、本間が広瀬の隣に立っている」

「…………」

神楽は広瀬の横を見た。もちろん、何もない。

「本間は広瀬を見て微笑んでいる。『僕のために泣く必要はないよ』と言っている」

「待って、喋ってるの……？」

ちなみに神楽の耳には何も届いていない。だが千景は真面目な顔つきで頷いた。

……神楽をからかっているようには聞こえない。

(前からそういう風なことを言っていたけれど、やっぱり本当に、千景さんには見えてるっていうの？)

思わず神楽の身がぶるっと震える。本当は信じたくない。幽霊なんていないと断言したい。……でも、彼が嘘をついているようにはまったく見えない。

「本間は、広瀬に『悪かったね』と言っている。『でも君は前に進んでほしい。過去の失敗に囚われず、自分の人生を全うしてほしい。僕はずっと見守っているから、安心して』

……だそうだ」

「せんせえー！」

広瀬はその場で泣き崩れた。

(……もしかしたら、広瀬さんは許されたかったのかもしれない)

神楽はふと、そう思う。

六月に発見された本間は、死後六ヶ月ほど経っていた。

その年の正月に年賀状のやりとりがあった……ということは、年明けに亡くなったのだ。

つまり、年賀状を受け取った広瀬がすぐに本間に会いに行っていれば、間に合った可能性があった。

自分だけが彼を止められたかもしれないのに、忙しさを言い訳にして恩師のために時間を使うことを惜しんでしまった。

本当に恩を感じているのなら、何もかも投げ打って彼に会いに行くべきだったのに、そうしなかった。

広瀬は、変わり果てた本間を見つけた時からずっとそう考えて、自分を責めていたのかもしれない。

「優しい先生だったんですね」

神楽がなんとか口に出せた言葉はありきたりすぎて、自分の気の利かなさが嫌になってしまう。

(千景さん、まさか……広瀬さんが言われたがっている言葉を、あたかも本間さんが言っているように演出して慰めているとか？)

思わずジッと千景を見つめる。しかし神楽はすぐに首を横に振った。

(いや、千景さんはそんな気遣いをする人じゃない。積極的にお節介を焼くタイプでもないし)

つまり千景は、正真正銘、幽霊が見えているし、声も聞こえる人なのだ。

にわかには信じがたいが、神楽はもう何回も、千景のそういうところを見ている。

（はあ、世の中って広いんだなあ。それにしても、本当に幽霊が見えるなら、千景さんから見える世界ってどんな感じなんだろう？）

神楽には想像がつかない。

もしかしたら、自分と千景では、見ている世界がまったく違うのではないか――そう思う。

広瀬はひとしきり泣いたあと、ネクタイピンをハンドタオルで丁寧に包んだ。

「醜態《しゅうたい》を晒《さら》してすみませんでした」

「いえ。心の整理はつきましたか？」

「はい。僕はこれで充分です。そろそろ出ましょう」

「……はい」

三人はその場で静かに黙禱《もくとう》して、家を後にする。

広瀬が玄関を施錠して、ぽつりと呟いた。

「子供の頃、祖母が亡くなったんです。その時母が、祖母の身の回りの品を大事に保管していました。愛用していた髪飾りとか、ネックレスとかね」

「はい」

神楽が相づちを打つと、広瀬はゆっくりと家を見上げる。

「当時の僕は理解できませんでした。特に価値があるようにも見えない、ありきたりなもの。自分が使うわけでもなく、ただ死んだ人の持ち物を後生大事《ごしょう》に保管する……その理由がわからなかったんです」

「でも、今なら……理解できますか？」

何となく、そう聞いてもらいたがっている気がして、神楽は尋ねた。広瀬はこちらを向いて、優しく微笑む。

「はい。――死んだ人のためでなく、自分のため……だったんですね」

大切な人を忘れないために。自分が感じた恩義を思い出すために、明日を生きるために。

「先生の遺品を見つけてくれて、本当にありがとうございました」

広瀬は何度もお辞儀をして、その場を去っていった。


神楽と千景がガラく屋に戻ると、時間はちょうどお昼時だった。

「はあ疲れた。千景さん、お昼ごはん食べたいです」

「……食うのか？　昼飯を」

「食べますよ。何か問題が？」

神楽が首を傾げると、なぜか千景は信じられないものを見るような目で神楽を見た。

「あ、でも先にシャワー浴びたいですね」

「俺も浴びたい」

「じゃあジャンケンで決めましょう」

　神楽と千景はジャンケンして、千景の次に神楽という順番でシャワーを使うことになった。

「神楽がシャワーを浴びてる間に昼飯を作るが、軽いものにしておくか？　せめて肉料理は避けるとか」

「なんでですか。お肉料理いいじゃないですか。言ってたら食べたくなってきました。アレがいいです。ひき肉マシマシの、濃厚なトマトソースのパスタ料理で……」

「もしかして、ボロネーゼのことを言っているのか」

「それ！　それでお願いします！」

「………………」

　またしても千景が黙り込んでしまった。一体何なのだろう。神楽は疑問を覚えつつも、千景の背中を押して急《せ》かした。

「ほら、さっさとシャワーしてください。そしてお昼にしましょう。お腹鳴ってるんですから！」

　千景は最後まで無言で、浴室に入っていった。そのうちに神楽は着替えの用意をして、彼のあとにシャワーに入る。

「はー、気持ちいい～」

　何せ本間の家はものすごいゴミ屋敷だったのだ。遺体や生ゴミは片付けてあったものの、部屋に染みついた臭いがすっかり自分たちにも移ってしまった。

神楽は念入りに身体と髪を洗ったあと、手早く着替えを済ませる。

洗濯機を回してから浴室を出ると、ふわんといい匂いがした。

「ああ～トマトソースのいい匂い！　身体もさっぱりしたし、最高だー！」

テーブルにつくと、目の前に千景がおいしそうなボロネーゼの皿を置いた。

「いただきます！」

ぱんと手を合わせて、フォークで食べ始める。

向かい側に座った千景はそんな神楽を見つめたあと、肩を落としてため息をついた。

「よくあんな家で半日過ごしたあとで、腹一杯食べられるな……」

見れば、千景側のテーブルにはボロネーゼの皿がない。そのかわり、スティックサラダが置いてあった。

「あんな家って……確かに汚かったけど、シャワーで臭いは取れましたし、どんなに臭くてもお腹は空くじゃないですか」

うまうまと食べていると、千景は頭痛を覚えたように額に手を当て、スティック状にカットしたキュウリをつまんだ。

「神楽は泥棒も向いてそうだが、警察官も向いていそうだな」

「やけに両極端な職業ですね。ていうか泥棒にはならないですっ！」

むむっと口を尖らせたあと、神楽は先ほどのことを思い出してへらっと笑った。

「それにしても千景さんって、優しいところもあるんですね～」

「なんのことだ？」

「またまた。広瀬さんを助けてあげたじゃないですか。千景さんが本間さんの言葉を教えてあげなかったら、きっと広瀬さんはネクタイピンを手に入れても、本当の意味では救われていなかったと思うんですよ」

本間の言葉がなかったら、広瀬はずっと自分を責めたままだっただろう。幽霊の存在など、見えない人のほうが圧倒的に多いはず。中には自分をからかっているのかと怒り出す人だっているだろう。

そのリスクを踏まえた上で、千景は本間が言っていることを教えてやったのだ。それが優しさでなくて何なのだろう。

しかし千景はポリッとキュウリを噛んだあと、頬杖をついて「ふうん」と気のない返事をする。

「俺は、ただ見聞きしたことを口にしただけなんだがな。それにしても、本間はマジで広瀬についていったな。見守る気満々って感じだった」

「……へ？」

フォークに絡めていたパスタがひょろりと皿に落ちる。

「マジで？」

「マジで。だから言っただろ。ネクタイピンを持っていったらついてくるって」

「あれは脅しでも何でもなく、マジの話だったんですかー!?」

確かに千景は言っていた。ネクタイピンはやめておいたほうがいいと。てっきり神楽を怖がらせるために言っているのだと思っていたのだが。

しかし考えてみれば、千景はそういう意味のない脅しはしない。

「ほ、本人に言ったほうがいいんですかね。幽霊憑き……つまり、あのネクタイピンは呪われているってことになるんですけど」

「別に大丈夫じゃないか。ネクタイピンを手放さない限りはおとなしくしているだろ。……手放したら知らんが」

「ちょ、ちょー!?」

妙に不安を煽《あお》るようなことを言わないでほしい。

(や、やっぱり、教えておいたほうがいいのかな。でも何て言えばいいの?)

——それ、呪われたネクタイピンだから持ち歩かないほうがいいですよ。

そんなこと言えるわけがない。神楽は頭を抱えた。

「世の中には先祖が守り神になる守護霊ってのもあるそうだし、案外、本間はそうなるのかもしれないいな」

「個人的には、たとえ守護霊でも幽霊に見守られたくないんですけど……」

常に後ろで見ているなんて嫌すぎる。何より怖すぎる。夜も安心して眠れない。

神楽は実にもやもやした気持ちを持て余しながら、ボロネーゼを食べ終えた。

「千景さん、私もスティックサラダ食べたいです」

「本当に、神楽はよく食う女だな」

そう言いつつ、千景は自分が食べていたスティックサラダの皿を差し出してくれた。

神楽はダイコンスティックをつまんで、ぽりっと食べる。

そして、何となく千景の顔を眺めた。

もしかしたら最初から薄々気付いていたのかもしれないが、今になってようやく神楽は、心から信じられるような気がした。

どうやら千景は、神楽には見えないものが見えている。

すなわち、幽霊という不確かな存在。そして何と声も聞こえるようだ。

いや、声だけなら神楽も何度か耳にした。

毎回、気のせいだと思い込んで信じまいとしてきたが、やっぱりあれは本当に幽霊の声だったのだ。

きっと、幽霊が見える千景の傍にいたからだろう。

「ねえ、千景さん」

「ん？」

ニンジンスティックに味噌マヨネーズをつけていた千景が顔を上げる。

「その……千景さんって、小さい頃から、幽霊が……見えていたんですか？」

おずおずと尋ねる。

これを聞くのは非常に勇気のいることだった。なぜなら、口にしてしまえば最後、幽霊が存在していると認めてしまったも同然だからだ。

怖がりな神楽は『いる』と認めるのが嫌だったから口にするまいと思っていたが、ここまで怪奇現象に立ち会ってしまうと、もう認めるしかない。

「ああ」

千景は、事もなげに頷いた。

「俺は小さい頃、幽霊を幽霊だと認識していなかった。物心ついた頃から『それ』が当たり前に漂っていたからだ。……だから」

千景が少しだけ、口ごもる。

「……ただ、見えるものを絵に描いていた。結局はそれがきっかけで、俺は絵の世界に入ることになった」

自分のことを話すのは得意でないのか、千景は渋面を浮かべてぽつぽつと自分の過去を口にする。

千景の本当の顔は画家。芸術家だった。

「真城さんが言ってましたね。一部のコレクターには大変な人気があるって」

「そのコレクター。どういうコレクターだと思う？」

ふ、と自嘲するように笑って、千景が尋ねる。

「え……。普通に、絵画のコレクターじゃないんですか？」

「違う。はっきり言って、俺は画家としての才能はない。ただ、オカルトを好むコレククターに人気があったんだ。俺は『呪われた絵画』を描く画家だからな」

「呪われた……絵画」

ふと、神楽は思い出す。千景は自分の副業を『魔法使い』と言っていた。

それも、人に呪いを振りまく悪い魔法使いなのだと。

「もしかして、真城さんが言ってた『魔法使い』って……」

「ああ。画家チヒロの渾名《あだな》みたいなものだ。コレクターはそうやって、俺の名に箔《はく》をつけていたんだよ」

千景は馬鹿馬鹿しいと言いたげに笑う。

「俺の絵にはいつも、誰にも見えない人物が描かれていた。それも、あたかも目の前にいるような臨場感があるって評判だった。特に人気があったのは肖像画で、その理由もオカルトにちなんだものだ。……俺が肖像画を描いたモデルの人物は、ことごとく死を迎えているからな」

神楽の目が丸くなる。そしてハッとした。千景ががらく屋に質入れした絵画は確か肖像画。それも――。

「呪われた肖像画……」

神楽が呟くと、千景はゆっくりと頷く。

「そうだ。俺が取り返したかった絵画は、俺自身が描いた作品だったんだ」

ようやく、なるほどと納得できた。

人にものにもあまり執着心を見せない千景が、何としても取り戻したいと言っていたほどの絵画。どれだけ大切にしている絵画だったんだと思っていたが、その考えが違っていた。

(呪われるとわかっているのなら、普通は売りたくないよね)

まだ短いと言えるつきあいだが、それでも千景のことは何となく理解しているつもりだ。彼は、他人が呪われるとわかっていながら、嬉々《きき》として自分の作品を売り込むような人ではない。

わかりにくいけど、千景は心優しい人なのだ。

「……あとで、真城さんに電話してみましょうか」

神楽はカレンダーを見ながら言った。

「絵画の行方、調べるのに時間をもらうって言ってましたけど、だいたいの目安がわかるかもしれませんし」

千景に顔を向けて、セロリスティックをぽりっと食べる。

「ああ、そうだな」

千景は少し目を伏せて、キュウリスティックの残りを食べた。

第五章　魔法使いがかけた呪いを、ポジティブでぶっ飛ばす

——新幹線に乗るのはずいぶん久しぶりだと、千景は思った。

電車といえばガタコトと揺れるイメージを持ってしまうが、新幹線は驚く程揺れない。こんなにスピードを出しているというのに不思議な話だと、現代技術というものに素直に感心する。

隣では、神楽がカツサンドをむしゃむしゃ食べていた。

この子は本当によく食べる。最近の若い女性はあまり食べないと聞いたことがあったのだが、実際はそうでもないようだと、千景は自分の認識を改めることにした。

ぽーん、とチャイムが鳴り、間もなく名古屋だとアナウンスされた。

そこが、神楽と千景の目的地だ。


先日、神楽が真城に連絡したところ、まだ未確認の情報だよと断った上で、彼が現時点でわかっていることを教えてくれた。

神楽の祖父、桃李が質流れにした千景の絵画。それはすでに持ち主が何回も変わり、今は正確な所有者がわからない状態らしい。

だが、真城の知り合いだという古物商から情報があった。曰く「チヒロの新作を『古物

市場』で見た」らしい。

古物市場とは何なのかと千景が尋ねると、神楽が教えてくれた。

「リサイクルショップなどの古物商だけで売買する競売所です。『セリ市場』とも呼ばれていますね。千景さんの絵画は古物とは言えませんが、競売所は在庫処分でも使われることが多いので、それで流れてきたのかもしれません」

千景は思わずしかめ面を浮かべてしまう。

「つまり俺の絵は売れ残りの在庫品……ということか」

「い、いやっ！　その、えっと……ごめんなさい……」

うまいこと言ってごまかそうと考えたが、機微に長《た》けた言い訳も思いつかなかったのだろう。神楽は素直に謝った。

「別にいいさ。逆に考えれば、まだ誰かの家に飾られたことがない、ってことなんだろうから」

そう言うと、神楽はホッとした顔を見せた。

しかし、真城の情報には続きがあった。古物商が絵画を見つけたというセリ市場。それが具体的にどこにある市場なのか、忘れていたのだ。

「なにぶん、かなりお年を召した方だからねえ……」

真城が電話越しに困ったように言う。

「それで、こっちでしらみつぶしに市場に問い合わせて、絵画を見つけたら連絡しようと思っていたんだよ」

なるほど、と千景は頷く。

それなら話は早い。連絡をただ待つよりも、実際に見に行くほうが遥かに早いはず。

そんなわけで千景と神楽はさっそく、セリ市場に行きたいと申し出たのだ。

幸い、真城からの紹介もあって主催者の承認は得ることができた。

件の古物商が、この一年半で訪れたセリ市場をピックアップして、最初の一歩となる今日は、名古屋である。

「用事がなければ、食べ歩きツアーしたかったなあ……」

新幹線を降りて、スマートフォンで地図を確認しながら歩く神楽が、小さくぼやいた。

「まだ食うのか。カツサンド食べたばっかりだろ」

「カツサンドは軽食じゃないですか」

「………」

軽食にしては、割とボリュームがあったような。千景は神楽が食べていたカツサンドを思い出す。

「時間があったらひつまぶし屋さんに行きたいですね。それからスイーツ枠で、あんまきを食べてみたいです」

「更にスイーツ枠があるのか」

「もちろんですよ」

神楽の胃は無尽蔵なのだろうか。神楽は幽霊を怖がるが、彼女の胃袋のほうがよほどホラーである。

電車を乗り継いで、セリ市場に到着する。雰囲気は、規模の大きいフリーマーケットという感じだった。神楽が在庫処分もされていると言っていたが、本当にそのようで、ブースによっては足の踏み場がないほど商品がすし詰め状態で並べられている。

「これは……捜すのも一苦労だな」

「まあ、家電や家具を扱ってるブースは避けて大丈夫そうですね。美術品や工芸品を扱っているブースをメインに回ってみましょう」

参加している客層は、殆どが男性だ。時々年配の女性もいる。神楽みたいな若い女性がとても珍しいのであって、実際の古物商はこういう感じなのだろう。

神楽の言うとおり、民芸品や美術品を多く並べているブースをしらみつぶしに捜してみる。

歩きながら、神楽がふと思い出したように尋ねてきた。

「そういえば千景さんって、何歳くらいから『画家』になったんですか？」

「ああ。……小学生の頃だな。中学に入る少し前……十二歳だ」

「十二で画家!?」

神楽がびっくりしたのか、目を丸くした。

「まあ画家といっても、実際に絵を売買していたのは親だからな」

ふ、と笑う。なぜ笑ってしまったかというと、親と自分で口にしておきながら、千景は彼らの顔を全く思い出せなかったからだ。

まるでスナップ写真を黒塗りしたみたいに。両親の顔が思い出せない。

「……俺の両親は、簡単に説明すると金の亡者だった。三度の飯より金が好きという感じだったから、俺の絵も嬉々として売っていたよ」

「そ、そんな。金の亡者なんて、親のことをそんなふうに言うのはだめですよ」

神楽がもっともなことを言う。千景は思わず笑ってしまった。

これは単に羨ましかったからだ。神楽はまっとうな親に育てられたのだな、と羨望の気持ちが湧いた。

金の亡者といえば、ヴィッキーが大変な目に遭ってしまった、唯の祖母の話を思い出す。唯の母親もなかなかがめつい女性だった。しかし、彼女のがめつさは、ただ娘の将来を思う親心から来るものだった。

そういう意味では、自分の両親よりましなのだろう。

「悪いが、金の亡者としか表現のしようがないんだ。何せ、俺は物心ついた頃から、親のためにモデルの仕事もやらされていたくらいだからな」

ずらっと並ぶ工芸品を眺めて、千景は当時のことを思い出しながら言う。

どうやら自分の相貌は、割と整っていたらしい。

親が勝手に出したモデルのオーディションに見事受かって、それからずっと、チャイルドモデルの仕事をさせられていた。

「俺が稼いだ金はすべて両親の贅沢に使われていた。俺は仕事と学校と習い事の両立で手一杯で、贅沢どころか休日さえない状態だった。しゃれにならない話だったな」

神楽が信じられないといった様子で千景を見つめる。

普通の家庭で育った人から見れば、そういう反応をするのが当たり前なのだろう。

「そんなふうに多忙を極め、親への不満とストレスで頭がおかしくなりそうだった頃。俺は、絵画の習い事のコンクールで賞を取ったんだ。題材は『家族』だった」

「家族……」

神楽が沈痛な面持ちで、千景の言葉を繰り返す。

そう、子供が描く『家族』の絵。これほど残酷な題材はないと、千景は思っている。おそらくコンクールの主催者は、さぞかし『いい絵』を期待したのだろう。

まるでモデルルームのように綺麗で、温かな雰囲気で、家族の愛情が詰まったような素敵な絵を。

だが、残念な話だが、すべての子供が等しく愛情を受けて育つわけではない。

「俺は両親を描いた。ありったけの憎しみを込めて描いた。コンクールに受かるつもりはもちろんなく、展覧会で俺の絵を見た両親が、少しでも罪悪感を覚えればいいいと思って描いたんだ」

しかし千景の思惑に反して、その絵は賞を取ってしまった。それは高く評価され、神童と呼ばれて持て囃された。

千景の両親は、更なる金の匂いを感じ取り、とても喜んだ。

「俺には絵の才能がある。今以上に技術を磨けば、必ず絵は高く売れるはずだと目論《もくろ》んだ両親は、俺に絵の勉強を強制した。前以上に睡眠時間が削られて、なんというか……中学生の頃の記憶は殆どない。一瞬で過ぎ去った気もするし、地獄のように苦しくて辛かったような感じもする」

「……私と全然違いますね」

絵画が並ぶブースで絵を眺めながら、神楽がぽつりと呟いた。

千景は軽く笑う。

「神楽のことだから、中学生の頃は今以上に食べていたんじゃないか。朝練のあとの休憩時におにぎりを食べたり、放課後は部活帰りのおやつにおにぎりを食べたり」

「どうしておにぎりばっかり言うんですか！　……でもまあ、そうですよ」

図星のようで、神楽は面白くなさそうに口を尖らせた。

思わずおかしくなって笑い続けてしまう。

（いつの間にか、俺はずいぶんと神楽に救われていたんだな）

もっと言えば、彼女と、彼女の祖父に。ふたりがいなければ、自分の人生はもっと酷いものになっていただろう。

「両親の金づるだった俺は、極限状態で絵を描かされ続けた。……誰にも見えない『人物』を描いたのは、その頃だ」

「そ、それって……あの、幽霊を描いたんですよね？」

神楽が一気に怯えた表情になる。本当に怖がりなようだ。そのわりに気が強いので、脅かすのがちょっと面白いのだが。

「そう。でも俺はそれが幽霊だと認識していなかった。風景画として、たまたま目に入ったものを絵にしただけだったんだ。……それがとてもウケたんだよな。オカルト好きのコレクターが俺に目を付けて、チヒロという名が一気に売れたんだ」

あとは両親が望むとおり、千景の絵は高値で飛ぶように売れた。

誰にも見えない人物を描くということについては気味悪がっていたが、大金が手に入るからどうでもよかったのだろう。

「それからしばらくたった頃……高校一年の夏だったか。両親は多忙な息子を日本に残して、長期の海外旅行に出かけた。そして、海外で交通事故に遭い、死んでしまった」

「え……」

神楽がぽかんとした顔をして千景を見つめる。

「俺はやっと金の亡者から解放されたんだよ。両親が死んだというのに、諸手《もろて》を上げて喜んだくらいだった」

自由を手に入れた千景は、やっと好きなように生きられるのだと思った。

でも、事はそう簡単にはいかなかった。

「習慣っていうのは怖いものだな。モデルはまあ、パイを奪い合うような仕事だから次第になくなったが、絵はやめることができなかった。ある程度評価されていたから、両親が懇意にしていたバイヤーが新作を急かすし。……何より」

はあ、と千景はため息をつく。

「俺自身が、絵以外の世界を何も知らなかったんだ」

ずっと全力で走ってきた。走らされてきた。知っていることは学校の勉強で得た知識と絵の描き方だけ。

「習い事や仕事が忙しくて部活は入れなかったし、仲のいい友人もいない。新しいことを始めたくても何も思いつかない。……唯一、叔父が俺の相談に乗ってくれたが、あの人は世界中を飛び回るような仕事をしていたから多忙で、結局俺にできることはひとつだけだった」

趣味も娯楽も、何もかも両親に取り上げられていたから、千景は余暇を楽しむ方法も知らなかった。遊ぶのに忙しい両親に代わって叔父が何かと気にかけてくれたが、叔父は美術商で世界を渡って絵画を買い付けている。忙しい彼に頼るのは気兼ねがあって、弱音を口にすることはできなかった。

ぽっかりと空いた時間、何をすればいいのかわからなくて、ひたすら絵を描いた。……それしか思いつかなかった。

「気が向いた時に、俺にしか見えない『人物』はあえて無視して、風景画を描いてみた。

俺は元々、オカルトの絵が描きたいわけじゃない。何というか、『普通の絵』を描いてみたかったんだ。しかし残念ながら、それは売れなかった」

ふ、と当時のことを思い出して、千景は自嘲するように小さく笑う。

「俺の絵を買い取っていたバイヤー曰く、俺の画力は平凡で、絵の才能は大したことがないんだそうだ。『売れたかったら幽霊を描け』と言われた」

結局、自分の絵はオカルトマニアにしか売れなかった。ただの『絵』には価値がない。その現実を突きつけられて、千景は絶望を抱いた。

「……随分と、身も蓋もない言い方をする人ですね」

「まあ、両親と取り引きしてたようなバイヤーだからな。金勘定だけは得意だったが、それ以外は察してくれ」

ははは、と笑う。しかし神楽は笑わなかった。

コホンと千景は咳払いをする。ずいぶん自分語りをしてしまった。こんなふうに自分のことを他人に話すなんて、桃李以来である。しかも聞き手が、桃李の孫だというのだからおかしな話だ。

(いや、これが縁ってものなのかもしれないが)

ふと、そう思う。神楽との出会いは偶然ではなく、必然だったのだろうと。がらく屋、そして桃李という人間が軸になった縁だったのだ。

「最初は両親の命令で。そして次は生活のため、俺は絵を描き続けた。売れなければ生活できないから嫌でも幽霊を描いた。すると、不思議なんだが……おかしなことが起き始めた。依頼されて肖像画を描いたモデルが、亡くなっていったんだ。それも、何人も」

事件性はなく、原因もバラバラ。しかし必ず死んでしまった。

最初は偶然かと思ったが、二回三回と続けば、さすがに気味が悪くなる。

……オカルトのコレクターは、千景の絵で不幸なことが起きるほど、呪われていると言って喜んだ。

「どうしてそんなことが？」

「わからない。だが考えてみれば、俺が描く肖像画の人物は、最初から死んでいたんだ。何せ一番最初に描いたのは死んだ両親だったのだから」

見えないものが見える。聞こえないものが聞こえる。

もしかしたら自分の目は、耳は、そしてこの指は、生まれた時から呪われていたのかもしれない。

自分自身を恐れた千景は、人物を描くことができなくなっていった。生きている人間はもちろん自分にしか見えない幽霊も、怖くて描けなくなった。

当たり障りのない風景画ばかり描いて、どんどん『チヒロ』の価値が下がっていく。

……やがて高校を卒業した頃には、『チヒロ』の名はすっかり過去のものとして、コレクターから忘れられていた。

「神楽の祖父、桃李。じいさんとはその頃に出会った。俺が腐りに腐ってた頃だよ。俺を一目見て『チヒロか！』と話しかけてきた。正直、めちゃくちゃびっくりしたよ。昔から俺のファンだったんだってさ」

「おじいさんって昔から、好きなものには何もかも忘れて夢中になるところがあったから。ファンだったならそりゃもうテンション上がりまくったんでしょうね」

神楽があははと懐かしそうに笑う。

「ああ。じいさんほど純粋に俺の絵を好きになってくれた人はいなかった。オカルトが好きというわけではなく、ただ俺の絵が好きだって言ってくれて、俺の風景画も何枚か所有していたくらいだ」

だが、桃李は言っていたのだ。千景の絵画の中で本当に好きなのは肖像画なのだと。

『君は人を描くのが好きだろう。君が描く人物には躍動感がある。内に秘めた感情が見える。その人間の本質が垣間見える。そんなの、人が好きじゃなければ描けないはずだ』

桃李は熱心にそう言っていた。金のない千景にがらく屋のバイトという仕事を与えて、共に暮らしながら、千景の人物画がまた見たいなと笑っていた。

「ある日、人物を描くことを躊躇《ためら》う俺に、じいさんは言ったんだ。絵の呪いは単なる偶然だと。それを自分が証明しようと」

「……証明？」

神楽が目を丸くして、首を傾げた。

「ああ。自分をモデルに肖像画を描いてほしいと依頼された。そして、その絵を質草に貸付金を渡すから、次は自分が本当に学びたいと思う絵を勉強してこい、と」

千景は桃李の言葉に心が揺らいだ。四年も一緒に生活していたから、絆されていたのかもしれない。

彼の言葉を信じたいと望んだ。だから千景は筆を取った。

桃李の肖像画を描き、そして貸付金をもらって、海外で一年間勉強した。

「じいさんを残して外国に行くのは勇気の要ることだった。でも、望まれているのだからと思って……じいさんの勧めもあって、俺はイギリスに飛んだ。……こまめに連絡していたつもりだった。外国でバイトして、質の延長金を振り込んだり。そのたび電話で会話したり……。でも、突然連絡が途絶えてしまったんだ」

いつものとおり、延長金を払おうとしていた時だった。銀行に振り込んでも、受け取りの返事が来ない。電話をしても出てくれない。

千景は怖くなった。まさか――と思った。

急いで帰国の準備をして、日本に戻れたのはそれから一ヶ月後。

寄り道せずまっすぐがらく屋に向かって扉を開けると――。

「店の中で倒れているじいさんがいた。肖像画のジンクスが……また、的中してしまったんだ」

千景は沈痛な面持《おもも》ちで、そう呟いた。

◆　◆

最初の一歩は空振りで終わり、神楽と千景は再び新幹線に乗り込んだ。

次は大阪だ。そこで二カ所の古物市場に参加する予定である。

新幹線から見える景色を眺めながら、神楽は残念に思いながら言った。

「……やっぱり、簡単には見つからないですよね」

「ああ。でも、気持ち的には、何もしないよりは動いているほうが楽だ」

隣に座る千景は特に気落ちした様子もなく、落ち着いていた。

――千景が捜していた絵画は、彼が描いた桃李の肖像画。

(千景さんはきっと、自分のせいでおじいさんが死んだと思っているんだろうな)

少し前の神楽ならまっさきに否定しただろう。でも今は、うまい言葉が思いつかない。

そんなわけがないと、千景の考えを切って捨てるのは簡単だが、彼は納得しないだろう。

だからこそ、どういう風に言葉をかければ千景が救われるのか、今はまだわからないのだ。

「……どうしてじいさんは……」

どこかぼんやりした表情で、千景の口が開く。

「俺に黙って、あの作品を売ったんだろう」

半年前、桃李は千景から延長金を受け取らず、質草の肖像画を質流れにした。

そして、その一ヶ月後には亡くなっていた。

神楽は窓からの景色を眺めながら考える。まだ小さかった頃、毎日がらく屋に通って、祖父と過ごした日々を思い出す。

数多《あまた》の美術品を愛していた。古いものも新しいものも関係なく、ただ美しいものが好きで、自分の好きな作品を語る時は子供みたいにはしゃいでいた。

そして、独り占めをしない人だった。価値のある芸術品をより多くの人に見てもらいたいと望んでおり、時々、駅や公民館の一角を借りて、自分のコレクションの展覧会を開くほど精力的に行動する人だった。

そんな祖父は、千景のファンだった。

「おじいさんは……多分、千景さんの絵の素晴らしさを、世の中に発信したいと思ったんじゃないでしょうか」

「え……？」

千景が驚いた顔で神楽を見る。

「質草として蔵に保管していては勿体ない。だから反則とわかっていても、あなたからの延長金を受け取らず、勝手に質流れさせたんですよ」

「それは。……あまりに自分勝手じゃないか？」

さすがに千景が不満げな表情になる。神楽も「そうですね」と同意して、苦笑した。

でも、何となく想像がついてしまったのだ。

質流れにしたタイミングと祖父が死んだ時期を考えれば、手段を選べなかったのではないか。……千景を説得する時間がなかったのではないかと。

「きっと、悟ってしまったんですよ。自分が長くないって」

窓からの景色を見ながら言う。

ポーンとチャイムが鳴って、まもなく新大阪に到着するとアナウンスが入った。

「だから猶予があるうちに、自分の望みを叶えようと思った。……そのために、まずはたくさんの人に『チヒロ』の絵を見てもらおうと、質流れにしたんですよ」

新幹線は速度を落とし、やがて駅に到着する。

神楽はカバンを持って立ち上がった。

「つまり、俺の絵を多くの人に見てもらう。……それがじいさんの望みだったたってことか？」

「いいえ。古物市場で『チヒロ』の絵の価値を再評価してもらい、千景さんに再び絵画の世界に戻ってもらいたい。……それがおじいさんの望みだったんじゃないかなって思います。だってファンなら、もっとたくさんの作品を見たいと思うものじゃないですか」

「…………」

千景が茶色い目を大きく見開いた。

「そのために、俺の絵を……黙って売ったのか」

「想像に過ぎないですけどね」

話しながら、新幹線を降りて移動し始める。

「関東地方の古物市場は真城さんが調べてくれているので、大阪になかったら、あとは京都、滋賀、奈良……和歌山。さすがに一日では回りきれないですね」

神楽は指を折って数えつつ言う。

「だが、関西の中では大阪の古物市場が一番可能性があるんだろう？」

「はい。真城さんの知り合いの古物商の方が参加した関西の古物市場は大阪でしたから」

スマートフォンの地図アプリを確認しながら、電車に乗る。

「……大丈夫ですよ」

いつの間にか険しい顔つきになっていた千景に、神楽は声をかけた。

「きっと見つかります。……これはおじいさんの受け売りなんですけど」

小さい頃に聞いた祖父の言葉を思い出しながら、微笑んだ。

「ものは、それが大切にされているほど、意思が宿るそうです」

「……意思？」

「昔の人は、それを付喪神《つくもがみ》って呼んでいたそうですけど。おじいさんはものに宿る意思だと言っていました。……だから、本当に大切なものほど本当に必要な人のところに導かれていくものだ、って」

目を瞑ると、おぼろげに祖父の顔が浮かび上がる。

彼は質草と同様に、自慢のコレクションを大切にしていた。愛情を込めて丁寧に磨きながら、言っていた。

――『神楽、ものには意思があるんだ。だからものは大切にしないといけない。それが自分にとって必要なものなら、尚更な』

ふっと目を和ませる。老いた目尻に、いっそう皺が刻まれた。

――『いざ必要になった時に限って、ものがなくなっている時があるだろう。あれは、ものが怒っているのさ。もっと自分を大切にしてくれないと、大事な時にどこかへ行っちゃうぞ、って』

神楽はその言葉を聞いて、ものを大切にするようになった。すると不思議なことに、ものをなくすことが驚くほど減った。

だから逆もあるのだろうと考えた。ぞんざいにあしらえば、そのものは自分の手から離れてしまうこともあるかもしれないと。

「千景さんは肖像画を描くのが怖いんでしょう？　過去の辛い記憶を思い出してしまうから。そういう気持ちがものにも伝わって、なかなか千景さんの絵が見つからなかったんじゃないかなって思うんです」

「……まるで、絵が自分の意志で隠れているみたいに言うんだな」

「はい。ものの意思ってことですね。でも今は違います。きっと見つかる……私はそう思うんです」

すべて、根拠のない憶測だ。そうであってほしいという願いに過ぎない。

それでも神楽は信じたかった。これが祖父の望んだことだったのなら。祖父の軌跡を追うことができれば、きっと巡り合えるはずだと。

「私は、おじいさんを描いた千景さんの絵が見たい。ものに意思が伝わるのなら、この気持ちをきっと汲《く》んでくれると思いたいんです」

「不可思議な現象をすべてプラズマ現象だと言い切る人の言葉とは思えないな」

ふ、と千景が笑いながら言った。ちょっと言葉としてはクサかったかなと、神楽も「らしくないですよね」と照れ笑いする。

「ま、相手が幽霊じゃないなら摩訶不思議な出来事も怖くないんですよ」

「付喪神って、ぶっちゃけて言えば幽霊みたいなものだろ」

「ゆ、幽霊じゃないですよ。神様です！」

「……俺が今まで見て来たあの霊たちは、ある意味付喪神と言えるんじゃないか？」

「そういうのは信じません」

神楽は両手で耳をふさいだ。千景がおかしそうに笑う。

「でも、確かに神楽の言葉には一理ある」

歩きながら、彼は納得したように頷いた。

「物捜しは、神楽くらいポジティブで気楽にしたほうが、案外ぽろっと見つかったりするものだからな」

「それってさりげなく私をディスってます？」

「褒めたつもりだが」

「全然そうは聞こえません！」

神楽はフンとそっぽを向いた。

大阪の古物市場は、名古屋と雰囲気が似ていたが、より活気にあふれていた。あちこちから怒濤《どとう》のような関西弁が騒がしく聞こえるからかもしれない。

「名古屋よりもカオスな感じになってるな」

「処分品の叩き売りをしてる人が多いせいかもですね」

古物市場も二軒目になると、回り方が効率的になる。神楽と千景は、美術品と関係のないブースは早足で通り過ぎて、目的の場所へと急いだ。

（おじいさん……お願い）

祈っても仕方ないのだが、神楽はそうせずにはいられなかった。

見つかりますように。どうか巡り合えますように。

だって見つからなかったら、きっと千景は救われない。

自分の絵に背負わされてしまった悲しい過去。辛いジンクス。それらを取り払わなければ、彼は自由に絵が描けない。それは祖父も望んでいないはずだ。

もう千景を苦しませたくない。小さい頃から絵を描くことを強制され、両親が他界したあとは、生活のために絵を描いて……。彼は今まで一度として、絵を描くことを楽しいと思わなかったのだろうと神楽は思う。

でも、それでも描くのをやめなかったのは、祖父の望みを叶えるため彼の肖像画を描いた理由はひとつしか思いつかない。

それは、好きだからだ。千景はやっぱり、絵を描くこと……いや、祖父が千景に言ったとおり、人を描くことが好きなのだ。

だからこそ、見つかってほしい。

今度こそ、苦しむことなく、好きな絵を描いてほしい。

神楽は祈りながら、美術品の絵画をひとつひとつ確かめた。

そして――。

「……あった」

まるで独り言のように、千景が呟く。

彼の視線の先を追うと、そこには一枚の肖像画が置いてあった。

タイトルは『年の離れた友』。

「おじいさんだ……」

一目見てわかるほど、絵の中にいる人物は神楽の記憶の中にある祖父そのものだった。

いや、よく見れば、記憶よりも少し老いている。

しかし目尻の皺も優しい笑顔も、まさに祖父だった。

「すごい」

思わず感嘆のため息が出た。

写真のようなリアリティはない。それはあくまで油絵だった。それなのにこの、まるで生きているような脈動が感じられるのはなぜだろう。千景の観察力の高さに驚いてしまう。証明写真のような堅苦しい表情とは対極の自然な笑顔に、思わず自分もつられて笑みがこぼれてしまった。

これが生き生きとしている、ということなのだろうか。

祖父がファンになるのもわかる。そして、反則みたいな方法でこの絵を売った気持ちも。……何をしてでも、再び千景に筆を持ってもらいたいと願ったのも。

「これ、いい絵ですね」

「ありがとう」

千景がそっけなく礼を口にする。

「おじいさんが好きって気持ちが、すごく伝わってきます」

「そういう恥ずかしいコメントはいらない」

険しい顔をしてそっぽを向く。神楽はくすくすと笑った。

(……やっと見つけたよ、おじいさん)

神楽は美術商と話し合い、妥当な金額で絵画を買い取った。丁寧に梱包し、後日配達という形で手続きをする。その場で真城に電話をして、今まで尽力してくれたことへの礼を言った。

無事に目的を果たしたふたりは早々に東京へと帰る。新幹線のホームに入ると、いつの間にか空は真っ赤に染まっていた。

「まさに一日がかりでしたねえ。本当は日帰りじゃなくて一泊したかったですけど、仕方ないですね」

「ペットホテルにヴィッキーを預けているからな。早く迎えに行ったほうが喜ぶだろうし。ところで神楽、その手にあるもの全部、新幹線の中で食べる気か」

神楽の手首には駅弁と豚まんが入った袋がぶら下がっていて、左手にはたこ焼きのトレーがある。神楽は爪楊枝《つまようじ》でたこ焼きを刺してぱくっと食べた。

「まさか〜」

「そうだよな」

千景がホッとした表情になった。

「リュックサックの中に、ロールケーキも入ってますよ。スイーツ枠の存在を忘れないでください」

「…………」

千景が頭痛を覚えたように手で頭を押さえた。

「あっ、でも、新幹線の車内販売に、すごくおいしいアイスクリームがあるんだそうです。あれがあったら食べてみたいな……。そうしたら、ロールケーキは明日のおやつになりますね」

「名古屋でもあれこれ食べていたのに、まだ食えるってすごいな」

「あっちはお昼ご飯だったし、今は夕ご飯じゃないですか」

そう言うと、千景は呆れたように重いため息をついた。

神楽はもうひとつたこ焼きをぱくっと口に入れて、もぐもぐしながら考えた。

「ねえ、千景さん」

「なんだ。まだ食べたいものを思い出したのか」

「違いますよ。千景さんの絵についてです」

千景が一転、神妙な表情になる。

ファンと音が聞こえて、新幹線がホームに入ってくる。

「千景さんが描く肖像画は呪われている。絵のモデルになった人はことごとく死を迎えている……。あなたはそう言ってましたが、私はやっぱり違うと思います」

指定席に座りながら言った。神楽が行きついた考えは、祖父と同じものだった。

「だって、死は誰にでも等しくやってくるものです。それは事故であれ、寿命であれ、同じです」

最後のたこ焼きを食べて、神楽は俯いた。

「死に運命なんてありません。もしそうだとしたら、例えば幼い子供が事故に遭って亡くなったとして、それも、その子供が早死する運命だったと言うんですか？　……違うでしょう。事故は事故です。私にも千景さんにも起こり得る偶発的な事故に過ぎないんです」

絵の呪いで人の死が決められてしまうなんてありえない。

それは祖父も、千景の両親もそうだ。他のモデルだって同じ。

「おじいさんの死因は心不全でした。あのくらいの年齢の人なら、よくある死因のひとつです。それが呪いだなんて言わせません。だって他にも、同じ死因で亡くなった人がたくさんいるんですから」

「それは……確かに、そうだが」

「千景さんの両親だって、旅行中の交通事故って言ってましたよね。不幸だったとは思いますが、最初から旅行に行かなければ回避できた事故でもあります」

親しい人を亡くすと、その死の原因に自分が関わっているのではないかと、考えてしまうことがある。

神楽も、祖父を亡くした時に思った。自分がもっと祖父に寄り添っていれば、彼は死を免れたのではないかと。彼の死は自分にも原因があると思って、神楽は罪滅ぼしのつもりでがらく屋を継ぐ決心をしたのだ。

でも、それは単なる自己満足。そう思い込んで自分を責めることで、贖罪《しょくざい》をしている気分に浸っているだけではないか。

神楽は最近、そう思うのだ。

「傍にいる人を亡くして、原因は自分にあると責める。普通の人はそれだけですが、千景さんには絵があった。だから全部絵のせいにして、絵を描かないことが贖罪になると思い込んだ。……呪われてる、なんて言い聞かせてね」

おそらく祖父は、そんな千景の気持ちを変えたかった。

絵が原因で人が死ぬのではない。単にモデル自身に起きてしまった不幸な出来事に過ぎないのだと。そして、その不幸は絵に関係なく、誰にでも起こりえることなのだと。

祖父はそれを証明しようとしたが、高齢が災いし、結果彼を更に苦しませることになってしまった。

(だったら、おじいさんの気持ちは私が継ぎたい。だって私は、おじいさんのがらく屋を継いだ店主なんだから)

祖父が大切にしていたもの、守りたかったものを、すべて継ぎたい。

だから神楽は、千景の手をそっと握った。

「私はおじいさんの望みを全うしたい。あの肖像画を見て私も思いましたよ。千景さんの才能を埋もれさせたくないって。もっとあなたの絵を見てみたい……って」

「神楽……」

千景が戸惑った表情を見せる。神楽はニコッと笑った。

「だから千景さん。今度は私を描いてくださいよ」

「えっ？」

「自分で言うのもなんですが、私はものすごい健康体で、持病もありません。ヴィッキーの散歩くらいしか家から出ないし、それも車の少ない道を選んで歩いています。現状では、私ほど死から遠い人間はいないと思うんですよね」

「……だから、絶対に死なない、と？」

「はい。まあこれで死ぬようだったら、もしかしたら本当に呪われているのかもって思わなくもないですが、私は大丈夫だと信じています」

誰にだって死の可能性はある。だが、その死を回避するのだって努力次第で何とでもなると神楽は思っている。

「ね、お願いします。私は千景さんの絵がもっと見たいんですよ。あ、どうせならすごい美人にしてくださいね」

膝の上に置いていた駅弁の包みを開けながら言うと、千景はどこか諦めたような顔をしてふっと笑った。

「調子に乗りすぎだろう。俺は絵で嘘がつけない。真実しか描けないんだ。だからどんな不細工になっても文句は言うなよ」

「ちょっと、今のは明らかに悪口ですよね？」

「本当に不細工ならそう描かれるしかないだろう。だが、そうでないのならまともな絵になるはずだ。俺は正直なことを口にしているだけだよ」

「ほんと、可愛くない性格ですね」

お世辞でもとびきりの美人に描いてやるくらい言えないのか。そう思ったけれど、そういうことを言わないのが千景という人間だった。

仕方ないなあと、神楽は柿の葉寿司の葉を剥いて、ぱくっと食べる。

（大丈夫だよ、千景さん）

自分は死なない。祖父の望みを叶えたいから、絶対に死んでたまるものか。

神楽は心の中で密かに決心して、千景にニッコリと笑顔を見せた。

神楽の望みに応えて、千景は肖像画を描いた。神楽はそれを古物市場に出すことにした。祖父の肖像画に続いて、次は神楽の肖像画。『チヒロ』の新作が短期間で二作も市場に出たら、それなりに話題になるはずだ。

あとは世間の鑑定士が千景の絵に価値をつけてくれれば万々歳だが、もちろん低評価で終わる可能性もある。だが、創作とは発信し続けなければならないのだ。でないと、評価すらされない。今回は駄目でも、次は、その次こそは。……いつか、千景が再び絵画の世界に返り咲くことができるように、その足がかりになればいいと神楽は思っていた。

「美術品の鑑定はできるけど、美術の世界で生き残る方法なんて知らないからなあ。単にセリに出すだけでよかったのかな。もっと箔をつけるべきだったかも。例えばネットで大々的に宣伝するとか……」

神楽は、がらく屋で腕組みをして悩んでいた。足元で寛《くつろ》ぐヴィッキーが大きく欠伸をする。

「神楽は本当に気楽でいいな。俺は、あんたが今にも死ぬんじゃないかと思って気が気じゃないのに」

カウンターの拭き掃除をしながら、千景が呆れ顔をする。

「だから、呪いなんてあったとしても、私が蹴っ飛ばしてあげますよ。それにしても、結局最後まで完成した肖像画、見せてくれませんでしたね」

むぅ、と神楽は不満げな顔になる。

千景は神楽の絵を描いてくれた。しかし制作過程はもちろんのこと、完成しても、彼は一切を見せてくれなかったのだ。

「だって神楽は見たいと言わなかったじゃないか」

「俺の絵を見たら最後、周りにいる幽霊に頼んで全力で驚かせてやる、なんて脅されたら、見たくても見られないですよ。酷いです」

だからセリに出す時は白い布で厳重に覆い、実際の売却は真城に任せるはめになってしまった。神楽は見てはいけないが、真城は完成した絵を見てもよかったらしい。何とも理不尽な話である。

「……悪かったよ。でも、どうしても神楽には見られたくなかったんだ」

「どうしてですか？」

尋ねるも、千景は答えない。いや、答える気がないのだろう。黙って店のモップ掛けをしている。

「まったくもう。あーあ、見たかったなあ。真城さんがセリに出したあと、何の音沙汰もないし。あの絵が話題になってテレビとかに出られたら、見ることが叶うのになあ」

「俺の絵がテレビに出るわけないだろ」

「うう……。そうじゃなくても、もっと反響があるものだと思っていたんですよ」

一時期とはいえ名が売れていたチヒロの新作なのだ。

「せめて、どこぞの美術商が新作を依頼してきたり、個展の誘いがあったり、そういうことがあるんじゃないかと期待していたんですけどね」

「そんな簡単に物事が進むはずがない。昔は両親があちこちに俺の絵を売り込んでいたが、両親が亡くなった今は特に営業活動はしていないし、こんなものだよ」

「そんなものですか……」

ぺたんとカウンターに頬をつける。

「ほら、そろそろちゃんと仕事しろ。今日は広告を作る予定なんだろう?」

「あ、そうです。折り込みチラシを作らないと。じゃあ店番頼んでいいですか?」

「ああ、暇つぶしでもしてるよ」

「……お客さん来たらちゃんと対応してくださいね?」

どんな暇つぶしをするのか知らないが、神楽は一応釘をさしておく。

「ヴィッキー、行くよ」

神楽が立ち上がると、ヴィッキーものそっと起き上がった。

——その時。

「ごめんください」

からりと入り口の引き戸が開く。

「あ、いらっしゃいませ」

神楽は慌てて挨拶した。しかし千景は驚いた顔をして、神楽と同じような挨拶を口にしない。

「……もしかして、叔父さん？」

千景が小さな声で呟いた。

「ああ、やっぱりここにいたんだな。ずいぶん捜したよ、千景」

被っていた中折れ帽を外して店に入ってくるのは、帽子と同じ紺色のスーツを着たひとりの中年男性。

「お、叔父さんって？」

神楽が尋ねると、千景は「ああ」と頷いた。

「俺の叔父だ。多忙な人だったが、日本にいる間は両親の代わりに面倒を見てくれたり、俺の仕事のスケジュールに助言してくれたりと、ずいぶん世話になっていたんだ」

「へえ……って、もしかして、こちらの方が源川公司さん!?」

「そういえば、神楽は一度名刺を見ていたんだったな。そういうことだ」

神楽は男性を見つめる。彼は人の好さそうな笑顔でぺこりと頭を下げた。

「はじめまして、源川公司と申します」

挨拶して、名刺を差し出してくる。神楽は慌てて自分の名刺を渡した。

「ご丁寧にありがとうございます。私は九条神楽です」

自己紹介のあと、神楽は公司からもらった名刺を見た。

「公司さんは確か、美術商をされているんですよね？」

「はい。若手の作家をメインに、買い付けの仕事をしています。有名作家の作品はもちろん素晴らしいですが、若手ならではの瑞々《みずみず》しい作品を好むコレクターも多くいらっしゃるのでね」

にこっと公司が微笑む。

「千景、本当に久しぶりだ。君の絵が世に現れなくなって、君自身の行方も知れなくなって……僕はてっきり絵を描くのをやめたと思っていた」

「ごめん。長い間、叔父さんを心配させていたみたいだな」

千景が殊勝に謝った。公司は「謝らないでくれ」と言って首を横に振る。

「君が目指したい絵画と世間の評価があまりに乖離《かいり》していることに苦悩していることを、僕は知っていたからね。でも、また絵を描き始めていたんだな。……嬉しいよ」

彼が右手を出してきて、千景はその手をしっかり握る。

「いろいろあったけど、結局描くのをやめることはできなかったよ」

「もう二度とそんなことを思うなよ！　古物市場で君の絵を見つけたんだ。少し前に、バイヤー間でチヒロの新作が現れたという噂を聞いていたが、実際にこの目で見た時は涙が出そうなほど嬉しかったよ」

彼は握手した手に、自分の手を乗せる。

「僕は君の絵の、最初のファンなんだからね」

「そんなこと、まだ言ってるのか」

「ずっと言うよ。そもそも君の絵を扱うために、この仕事を選んだようなものだからね。……僕は君の両親に嫌われていたから、ずっと千景の絵を扱うことができなかったけど、これからは違う。……僕は君の絵を売りたい。千景が描く、千景にしか作り出せない絵を」

穏やかに微笑む公司に、千景は照れたような笑みを返した。

「当然、また絵を描いてくれるんだろう？」

「……気が向けば」

「もーう！　今はそういう可愛くないこと言うのは禁止ですよ！」

ふたりの間に、神楽はにゅっと首を突っ込んだ。

「今度こそ、オカルトコレクターだけに人気があるようなのじゃなくて、ちゃんと自分の絵を評価してもらえるように、頑張らないといけないでしょう？」

「う……」

千景が心底面白くなさそうな顔をした。顔をしかめて、ふいと神楽から視線をそらす。

「返事は？」

「わ、わかった。……叔父さん、またいろいろ迷惑をかけると思うが、俺の絵を、よろしく頼めるかな」

「もちろんだよ！　君にはもっと作品数を増やしてもらいたい。いずれ個展を開けるように、全力で応援するつもりだよ」

「……ありがとう」

千景ははにかんだ笑顔を見せた。その顔を見て、神楽は少し驚く。

(久しぶりに見た気がする。千景さんの、自然な笑顔)

胸の内が温かくなった。やっと千景は前に進むことができたんだなと思って嬉しくなる。

「ふふっ、何が呪われた絵画ですか。こんなにも幸せを運んできた絵が呪われているわけないでしょう。私を描いてよかったですね」

にやにや笑って言うと、つんっと軽く額を突かれた。

「調子に乗るな。これはたまたまだ」

「やっぱり可愛くない。素直に認めたらいいのに！」

「煩い。……叔父さん、少し時間をもらえないか。部屋にいくつか下絵があるんだ。次の作品は、叔父さんが選んだものにしてみたい」

「ああ、それは光栄だね。是非拝見させてくれ」

千景は「店番は頼んだ」と神楽の肩を叩くと、裏口からすたすたと出ていく。

「え、ちょっと。私、チラシ作らないといけないんですけど!?」

マイペースな千景に文句を言うも、彼は振り向きもしない。

「もう……！」

神楽がむすっとしていると、千景の後に続こうとした公司が、ジッと神楽を見つめてきた。

「……どうしました？」

やけに神妙な顔つきなので、不思議に思って尋ねる。すると彼は何かを思い出したような顔をして「ああ！」と手の平に拳を打った。

「なるほど。君があの『質屋の女主人』なんだね」

「へ？」

ぱちぱち瞬きすると、彼は「そうかそうか、なるほどな」とひとりで納得して裏口から出ていった。

「……どういうことよ」

さっぱり意味がわからない。彼が帰る時にでも聞こうと思いながら、神楽は千景がやりっぱなしだった掃除の続きを始めた。

「絵の世界に復帰できそうなのはいいことだけど、がらく屋の仕事もちゃんとしてほしいよね。バイトなんだし。というか千景さんってバイトのくせになんであんな偉そうなんだろ。もっと経営者へのリスペクトというか、尊敬の念みたいな気持ちを持ってほしいよね。割と厳しい経営状況だけど、一応私は彼の雇い主なわけだからっ！」

本人がいないことをいいことに、ぶつぶつ文句を言いながらモップをかけ続ける。

「ヴィッキー、ごめんね。そこどいてくれる？」

カウンターの下で伏せをしていたヴィッキーに声をかけると、おとなしく立ち上がった。

「あなたは本当に物わかりがよくて偉いね。千景さんもヴィッキーを見習うべきだよね……ん？」

ヴィッキーが伏せをしていたところに、何かが置いてある。拾ってみると、それはクロッキー帳だった。

神楽はハッと思い出す。そういえば、彼は時々、ここで店番をしながら何かを描いていた。神楽が店に入ると、すぐに隠していたが……。

「ちょっとだけなら……いいよね？」

きょろきょろとあたりを見回してから、神楽はクロッキー帳を開けてみる。

——そこには。

（わあ）

思わず感嘆のため息が出る。千景が描いていたのは、この質屋。そして裏にある家の風景。画家なだけあって、画材は黒いコンテだけだというのに、とても綺麗な絵だった。

しかしその絵の中に、必ずといっていいほど、人物が描かれている。

（これ、もしかして）

神楽は目を見開く。小柄で、年老いた男性。どれも穏やかな顔をして、店内のショーケースを覗き込んでいたり、家を見つめていたりしている。

「おじいさんなの……？」

ぺらり、とページをめくる。するとそこには、がらく屋を掃除している神楽と、それを見守るように見つめている祖父の絵があった。

祖父の表情はやっぱり穏やかで、優しい目をしている。

神楽は思わず横を見た。そこにはもちろん、誰もいない。

でも、千景が、彼にしか見えない『人物』を描いているのなら——

「そこにいるの？　おじいさん」

応える声はない。少しも人の気配を感じない。

……それでも。

「不思議だね。何だか嬉しいな」

幽霊なんて怖くて嫌いだ。不気味だし、絶対傍にいてほしくない。そう思うのに、大切だった人ほど逆に愛おしくなる。

自分には見えないけれど、もし祖父が傍にいるのなら。自分の頑張りを見守ってくれているのなら。

……それはそれでいいか、と思う。

神楽は幸せな気持ちになりながら、またページをめくった。

すると隅に『ラフ』と描いてある絵を見つけた。

(ラフ……。つまり、キャンバスに絵を描く前に、クロッキー帳で構図を考えていたとか、そういうことなのかな)

そのラフには、ひとりの女性が描かれていた。

店の中、横向きで古びたコインを磨いている絵。女性はそのコインを優しい眼差しで見つめていて、布で丁寧に拭いているように見えた。

(この女性、誰だろう。すごく綺麗な人みたい)

太陽の光に照らされて神々しくも見える。神秘的で、思わず見入ってしまった。

千景はよほどこの女性に思い入れがあるのだろう。ラフと描いてあるわりに、しっかり描き込まれていて、よく観察して描いている――そんな気がする。

こんな風に描いてもらえるなんて、この人はいいなあと思いながら神楽はページをめくった。

すると、先ほどのラフの裏側に、絵のタイトルらしき言葉が書いてあった。

『古びた質屋の女主人』

――神楽は訝しげな顔をして、そのタイトルを見つめる。

(古びた質屋の女主人？　なんか、ついさっき似たような言葉を聞いたような……)

むむ、と思考を巡らせて。

「ああっ⁉」

思わず大声を上げる。ヴィッキーがびっくりしたように顔を上げた。

先ほど、公司が言っていたではないか。神楽を見て、納得顔をして。

『なるほど、君があの質屋の女主人なんだね』

……そう、言っていた。

(千景さんが描いてくれた私の肖像画。そのラフが……この絵ってこと？)

「ええ、ちょっ」

神楽は慌ててパタンとクロッキー帳を閉じる。そして元の場所に隠しておいた。

顔が熱くなっているのが、自分でもわかる。

しかし神楽はぷるぷると首を横に振って、ぱちぱちと頬を叩いた。

「違う違う。照れてるんじゃない。そう、なんかこう……妙にリアルだったから恥ずかしかっただけ！」

自分に言い聞かせるように言って、モップを物置きに片付けた。

「そうよ。逆に考えればそう、千景さんは真面目に描いてくれたってわけよね。プロの画家として描いたわけだ。完成度が高いわけだよ。はっはっは」

ひとしきり笑って、はあとため息をつく。

このことは絶対黙っておこうと心に誓った。もし千景にばれたら……。

(怒られるだけじゃ済まなそう。腹いせに、夕飯を全部緑色の野菜だらけにするかもしれない！)

想像するとぶるぶる震えた。千景に胃袋を掴まれている身としては、彼の機嫌は絶対に損ねてはいけない。

神楽はすべて忘れることにして、店の掃除に戻るのだった。

——百人の人間がいれば、百通りの人生があるように。

ものの価値も人によって違う。ある人にとっては取るに足らないものでも、ある人にとっては唯一の宝物になりうるのだ。

だからがらく屋のモットーは、昔から、どんなものでも唯一の取り柄を見い出し、価値をつけること。

新しいものでも古いものでも、あるいは創作された芸術品でも、その方針は変わらない。

古びた質屋の女主人、神楽はこれからも公正かつ誠実に、自分の審美眼を信じてこの世の素敵なものに価値をつけていく。

それこそが祖父より継いだ意志で、がらく屋が代々大切にしていることだから。

「それにしても、がらく屋を継いでからトラックだの犬だの、全然まともな質草を扱ってない気がする……」

思わずぼやいた神楽は、それでもクスッと小さく笑った。

「でも、それも出合いのひとつ、かもね」

足元で寛ぐヴィッキーに言う。ヴィッキーはくあっと欠伸をしてから少し伸びをすると、体勢を変えて寝転がった。

人生には必ず別れがあるけれど、出会いもある。

別れは悲しいけれど、出会いは楽しいものだ。

ものでも、人でも、動物でも、その気持ちは変わらない。

「次はどんなものに出合えるのかな」

できれば次こそまともな鑑定がしたいなあと、小さく呟く。

「神楽、今日は叔父さんも一緒に昼食を摂ろうと思うが、何がいい？」

ふいに裏口が開いて、千景が尋ねる。

神楽はにっこり笑って元気に言った。

「カルボナーラがいい！」

そういえば、千景は絵も素晴らしいけれど、料理も唯一の価値があるものだ。

彼の料理を買い取るとしたら幾らが妥当かな。神楽はそんなことを考えながら店の掃除を終わらせる。

ふと、ショーケースに映った自分を見ると、何だかとても幸せそうな表情をしていた。

ここに来たばかりの時は、後悔と不安の気持ちでいっぱいだったのにな。

そう思った瞬間、ふっとショーケースの隅に、懐かしい人が見えた気がした。

慌てて後ろを振り向くも、そこには誰もいない。

だけど神楽は微笑んだ。

「——もし、私を見守ってくれているのなら。もう大丈夫だよ、おじいさん」

小さな呟きは、誰に聞かれることもない。だけど神楽は満足そうな顔をして、そっと古びたショーケースを撫でるのだった。

この物語はフィクションです。
実在の人物、団体等とは一切関係がありません。
本作は、書き下ろしです。

桔梗楓先生へのファンレターの宛先

〒101-0003　東京都千代田区一ツ橋2-6-3　一ツ橋ビル2F
マイナビ出版　ファン文庫編集部
「桔梗楓先生」係